# HOLA, UNIVERSO

**GRAN**TRAVESÍA

# ERIN ENTRADA KELLY

# HOLA, UNIVERSO

Traducción de
Mercedes Guhl

**GRAN**TRAVESÍA

HOLA, UNIVERSO

Título original: *Hello, Universe*

Copyright © 2017 Erin Entrada Kelly

Publicado por Greenwillow Books, un sello de HarperCollins Publishers, publicado según acuerdo con Pippin Properties Inc., a través de Rights People, London

Traducción: Mercedes Guhl
Ilustración de portada: © 2017, Isabel Roxas
Diseño de portada: Sylvie Le Floc'h

D.R. © 2019, Editorial Océano de México, S.A. de C.V.
Homero 1500 - 402, Col. Polanco
Miguel Hidalgo, 11560, Ciudad de México
www.oceano.mx
www.grantravesia.com

Primera edición: 2019

ISBN: 978-607-527-859-9

IMPRESO EN MÉXICO / *PRINTED IN MEXICO*

Para Carolanne, mi preciosa y compleja acuario
Y para Jen Breen, géminis, fénix, visionaria

# 1
## Fracaso total

A los once años de edad, Virgil Salinas ya lamentaba su paso por la secundaria, ¡y eso que apenas había terminado el primer año! Se imaginaba los cursos que le quedaban por delante como una larga serie de obstáculos, cada uno más alto y grande y pesado que el anterior, y a él, plantado en sus flacas y debiluchas piernas. No era bueno saltando obstáculos. Lo había descubierto en clase de gimnasia, donde era el más chico, el más insignificante, a quien siempre escogían al último.

A pesar de todo, tendría que estar contento de que fuera su último día de escuela. El año había terminado. Tendría que ir brincando de felicidad camino a casa, listo para aprovechar todo un verano por delante. Pero en lugar de eso, cruzó la puerta de entrada como un deportista derrotado: cabizbajo, encorvado, con un bulto de desilusión metido en el pecho que le pesaba como plomo. Porque hoy se había hecho oficial él era un fracaso total.

—*Oy*, Virgilio —lo saludó su abuela, su Lola, al entrar. Lo dijo sin mirarle, porque estaba en la cocina cortando un mango—. Ven a comer esto. Tu mamá otra vez compró demasiados mangos. Estaban de oferta, así que compró diez. ¿Para qué necesitamos diez mangos? Ni siquiera vienen de las Filipinas, sino de Venezuela. Tu mamá compró diez mangos venezolanos, y ¿para qué? Esa chica compraría hasta besos de Judas si estuvieran de oferta.

Meneó la cabeza.

Virgil se enderezó, para que Lola no fuera a pensar que algo andaba mal. Tomó un mango del frutero. Las cejas de Lola de inmediato se fruncieron. Aunque en realidad no eran cejas, porque se las depilaba por completo.

—¿Qué pasa? ¿Por qué tienes esa cara? —le preguntó.

—¿Qué cara?

—Ya sabes —a Lola no le gustaba dar explicaciones—. ¿Será que ese muchachito con cara de perro bulldog te está haciendo la vida imposible de nuevo?

—No, Lola —esta vez, ésa era la menor de sus preocupaciones—. Todo está en orden.

—Mmmm —dijo ella. Sabía que no todo estaba en orden. Ella se daba cuenta de todo lo relacionado con él. Un vínculo especial los unía. Había sido así desde el día en que había viajado desde Filipinas para vivir con ellos. En la mañana de su llegada, los padres de Virgil y sus hermanos gemelos de inmediato la habían colmado de abrazos y saludos. A excepción de Virgil, así se comportaba la familia Salinas: personalidades desbordantes, como una olla de sopa que se derrama al hervir a borbotones. A su lado, Virgil se sentía como un trozo de pan seco.

—*Ay sus*, mis primeros instantes en Estados Unidos estarán invadidos por un dolor de cabeza punzante —dijo Lola. Se oprimió las sienes con los dedos y agitó los brazos hacia los hermanos de Virgil, que eran altos, esbeltos y musculosos, desde entonces—. Joselito, Julius, vayan por mis maletas, ¿sí? Quiero saludar al menor de mis nietos.

Cuando Joselito y Julius salieron a la carrera, siempre tan serviciales, los padres de Virgil lo presentaron como una rareza que ellos no acababan de entender.

—Éste es nuestro Galápago —dijo su madre.

Así lo llamaban: Galápago. Por las enormes tortugas, pues a él le costaba "salir de su caparazón". Cada vez que alguien pronunciaba ese nombre, sentía que una parte de sí mismo se desprendía.

Lola se había acurrucado frente a él para murmurarle:

—Eres mi preferido, Virgilio —y luego se puso un dedo sobre los labios y agregó—: pero no les digas a tus hermanos.

Eso había sido seis años antes, y él sabía que seguía siendo su preferido, aunque ella no lo hubiera vuelto a mencionar.

Podía confiar en ella. Y tal vez un día le confesaría su secreto, el que lo convertía en un fracaso total. Pero no ahora. Hoy no.

Lola tomó el mango que él tenía en la mano.

—Deja que lo corte —dijo.

Virgil se quedó junto a ella, observándola. Lola era vieja y sus dedos se sentían como de papel, pero era una artista para cortar mangos. Empezó despacio, haciendo tiempo.

—¿Sabes? —comenzó—, volví a soñar con el niño de piedra anoche.

Llevaba varios días soñando con el niño de piedra. El sueño era siempre el mismo: un chico tímido, no muy distinto de Virgil, se siente terriblemente solo, sale a caminar por el bosque y le pide a una piedra que se lo coma. La piedra más grande de todas abre su boca guijarrosa y el niño salta dentro, y nunca nadie lo vuelve a ver. Cuando los padres encuentran la piedra, no hay nada que puedan hacer. Virgil no está seguro de cuánto insistirían sus padres en tratar de sacarlo, pero sabía que Lola sería capaz de destrozar esa piedra con un cincel si tuviera que hacerlo.

—Prometo no saltar a la boca de ninguna piedra —dijo.

—Sé que algo te sucede, *anak*. Tienes la misma cara que Federico, el Pesaroso.

—¿Quién es Federico, el Pesaroso?

—Era un niño rey que siempre estaba triste. Pero no quería que nadie lo supiera, porque quería que todo el mundo pensara que era un rey fuerte. Llegó el día en que no pudo contener más sus penas. Todas brotaron como una fuente —Lola levantó las manos en el aire para trazar arcos de agua salpicando, y en una de ellas aún sostenía el cuchillo de la fruta—. Lloró y lloró y lloró hasta que la tierra se inundó y las islas se dispersaron flotando. Terminó atrapado y solo en una isla hasta que llegó un cocodrilo y se lo comió —le entregó a Virgil un apetitoso trozo de mango—. Toma.

Virgil lo recibió.

—¿Puedo hacerte una pregunta, Lola?

—Cuando tengas una pregunta, debes hacerla.

—¿Por qué tantas de tus historias tienen niños que acaban comidos por piedras o cocodrilos o así?

—No sólo los niños resultan devorados, también hay niñas —Lola dejó el cuchillo en el fregadero y levantó sus inexistentes cejas—. Si decides hablar de lo que te acongoja, ven a contarle a tu Lola. No vayas a estallar en llanto y a irte flotando.

—Está bien —dijo Virgil—. Me voy a mi habitación a ver a Gulliver, para asegurarme de que está bien.

13

Gulliver, su conejillo de Indias, siempre se alegraba de verlo. Haría ruiditos apenas lo viera abrir la puerta, lo sabía. Quizás en ese momento dejaría de sentirse como un fracaso total.

—¿Y por qué no iba a estar bien? —gritó Lola mientras Virgil se acercaba a su habitación—. Los conejillos de Indias no pueden meterse en muchos problemas, *anak*.

Virgil la oyó reír mientras llevaba un mango a su boca y lo mordía.

# 2
## Valencia

No tengo idea de cómo será Dios. No sé si será un enorme Dios allá en el Cielo o si son dos o tres o veinte, o tal vez uno para cada persona. No estoy segura de si Dios es un niño o una niña o un señor viejo con barba blanca. Pero no importa. Me siento a salvo cuando pienso que hay alguien que me escucha.

Especialmente le hablo a San René. Su nombre completo era Renato Goupil. Fue un misionero francés que viajó a Canadá. Mientras estaba allí hizo la señal de la cruz sobre la cabeza de un niño y pensaron que estaba lanzándole una maldición, así que se lo llevaron prisionero y lo mataron.

Me enteré de todo esto porque cuando cumplí diez años, una niña, Roberta, me regaló un libro titulado *Sordos famosos en la historia*. Yo jamás le hubiera regalado a ella un libro sobre *Rubios famosos* o *Personajes famosos que hablan demasiado* o *Personajes famosos que trataron de copiar mi examen de ortografía*, aunque todos esos títulos servirían para describirla a ella. Lo bueno de todo esto es que así fue como supe de San René.

No sé hablar con lenguaje de señas para sordos, pero aprendí el alfabeto en señas e inventé un nombre con ellas para San René. Cruzo el dedo medio por encima del índice, que es la seña para R, y me doy tres toquecitos en los labios con esos dedos. Es una de las primeras cosas que hago cuando me quito el aparato auditivo por las noches. Después, miro al techo y me imagino mis plegarias subiendo cada vez más, flotando sobre mi cama, hasta que atraviesan el tejado. Y luego imagino que van a parar a una nube y allí se quedan, a la espera de una respuesta.

Cuando era pequeña, pensaba que la nube podría hacerse tan pesada que todas mis oraciones caerían y así obtendría lo que tanto deseaba y había pedido, pero ahora tengo once años y sé que las cosas no funcionan así. Todavía me las imagino ascendiendo, eso sí. No creo que haya nada de malo en eso.

Sólo rezo en las noches, que es el momento que menos me gusta del día. Todo está oscuro y en silencio, y tengo demasiado tiempo para pensar. Una idea lleva a otra, y así me dan las dos de la mañana sin haber pegado el ojo. O si he logrado dormir, no ha sido nada bien.

No siempre odié la hora de dormir.

Solía irme a la cama y quedarme dormida sin problema.

Y no es por la oscuridad, pues nunca me ha molestado. Una vez mis padres me llevaron a un lugar que llaman Cueva de los cristales, donde uno se metía bajo tierra y no podía ver nada, ni siquiera una mano frente a la cara. No me asusté entonces. Me encantó. Me sentí como una exploradora. Después, papá me compró de recuerdo una esfera de vidrio como ésas que están llenas de nieve que cae sobre un paisaje cuando uno les da vuelta, pero en ésta hay murciélagos en lugar de nieve. La tengo cerca de mí, en la mesita junto a la cama, y la sacudo antes de irme a dormir, por ninguna razón en particular.

Así que no es la oscuridad lo que me mantiene despierta.

Es la pesadilla.

Esto pasa en la pesadilla:

Estoy parada en un campo abierto y extenso, en el que no he estado nunca antes. La hierba es amarillenta y marrón bajo mis pies, y estoy rodeada por una multitud. Mi yo en la pesadilla sabe quiénes son, aunque no se parezcan a nadie que en verdad conozca. Todos me miran con ojos negros y redondos. Ojos que no tienen ni una gota de blanco. Y entonces una niña con un vestido azul se adelanta y sale de la multitud. Dice dos palabras: "eclipse solar". Sé lo que dice, aunque no tengo puestos mis audífonos y ella no mueve la boca. Así suceden las cosas en los sueños, a veces.

La niña señala el cielo.

Mi yo en la pesadilla mira hacia arriba, adonde apunta la niña, y mira atentamente, pero sin miedo. Estiro el cuello, al igual que toda la multitud. Vemos cómo la Luna se mueve y va cubriendo al Sol. El cielo radiante y azul se pone gris y luego oscuro, y la yo en la pesadilla piensa que es la cosa más increíble que haya visto.

Pero es extraño cómo funcionan las pesadillas.

De alguna manera, la yo en la pesadilla sabe que las cosas no van a terminar bien. Tan pronto como la Luna termina su paso por delante del Sol, la sangre me late en los oídos y me empiezan a sudar las manos. Dejo de mirar el cielo, lentamente, porque no quiero ver a mi alrededor, y, tal como lo sospechaba, todos se han ido. La multitud entera. Hasta la niña del vestido azul. Nada se mueve, ni una hoja de hierba. El campo se extiende kilómetros y kilómetros. La Luna se los ha llevado a todos. A todos menos a la yo en la pesadilla.

Soy la única persona sobre la faz de la Tierra.

No sé qué hora será, pero sé que es tarde. Como más de medianoche. Por más que me esfuerce en no pensar en la pesadilla, aquí estoy, en mi cama, pensando en ella. Sacudo mi esfera de la Cueva de los cristales y miro a los murciélagos revolotear. Después, trato de enfocar la vista en el techo irregular de mi habitación. Papá lo llama "techo de palomitas de maíz". Cuando era pequeña jugábamos a que estaba realmente hecho de palomitas, y abríamos la boca para que nos pudieran caer dentro.

"La próxima vez te pintaré el techo de regaliz", decía papá. Le gustaba decir que las tiras de dulce de regaliz formaban su grupo favorito de alimentos. Yo meneaba la cabeza y le decía: "chocolate, chocolate, chocolate".

Era nuestra rutina. Pero ya no hacemos cosas como ésas.

Creo que él no sabe bien cómo ser el padre de una niña de once años. A una niña de once años ya no la puede sentar en sus hombros, y menos si mide más de metro y medio y pareciera ser un atado de codos y rodillas huesudas, y tampoco puede prepararle chocolate caliente ni quedarse despiertos esperando a Papá Noel o leer libros ilustrados.

Pero sigue siendo agradable recordar el techo de palomitas de maíz-regaliz-chocolate.

Es mejor que pensar en la pesadilla.

Cierro los ojos y siento el soplo del ventilador de techo contra mis mejillas. Me hago una promesa: si tengo otra pesadilla hoy, hablaré con alguien para que me ayude con eso. No sé con quién. Con alguien, pero que no sea mamá.

No me malinterpreten. Hay momentos en que es fácil hablar con mamá. Si está en uno de sus días buenos, no es demasiado "mamá". Pero nunca sé en cuál de todas sus versiones de mamá está. A veces es demasiado sobreprotectora o demasiado dominante o demasiado de todo. Una vez le pregunté, de frente, si me trataba así porque soy sorda, porque eso es lo que me parece a ratos.

"No soy sobreprotectora porque seas sorda, sino porque soy tu mamá", me respondió.

Pero algo en su mirada me dijo que ésa no era toda la verdad y nada más que la verdad.

Soy buena para leer la mirada. Igual que lo soy para los labios.

Definitivamente no quiero que mamá se entere de la pesadilla. Empezaría a preguntarme cada mañana y cada noche, e insistiría en que viéramos a un psiquiatra o algo así.

Pero tal vez… tal vez eso no sería tan malo.

Quizás así lograría dormir.

Cierro los ojos.

Trato de pensar en algo agradable.

El verano que comienza. Sí. Voy a pensar en eso. Terminé el año escolar, y tengo todo un verano tranquilo y sin prisas por delante. Es cierto que no tengo un millón de amigos para pasar tiempo con ellos, pero ¿y eso qué? Encontraré buenas maneras de entretenerme. Exploraré el bosque y tomaré notas en mi diario de zoología. Tal vez mejor dibujaré algunos bocetos de pájaros.

Tengo muchas cosas que hacer.

No necesito un millón de amigos.

No necesito ni siquiera uno.

Basta conmigo, ¿cierto?

A mi manera, yo sola, eso es lo mejor.

Es mucho menos complicado.

# 3
# Ayuda de otro tipo

Gulliver era un buen amigo, aunque fuera un conejillo de Indias. Virgil podía contarle cualquier cosa, y él jamás lo juzgaba. Y eso era lo que él necesitaba, aunque también le hacía falta una verdadera guía práctica.

Necesitaba ayuda de otro tipo.

Alguna vez Lola le había contado la historia de una mujer llamada Dayapan, que había pasado hambre durante siete años porque nunca había aprendido a cultivar su propio alimento. Un día, Dayapan echó a llorar porque quería aunque fuera un grano de arroz y una vaina de guisantes para llevarse a la boca. Se dio un baño en un manantial para lavar sus lágrimas, y un gran espíritu apareció, con los brazos llenos de caña de azúcar y arroz. Le entregó ambas cosas a Dayapan y le explicó lo que debía hacer para cultivarlas. Dayapan nunca volvió a pasar hambre.

Virgil deseó tener un gran espíritu que le indicara exactamente qué hacer, pero él sólo conocía a Kaori Tanaka.

Dio de comer a Gulliver y envió un mensaje de texto a Kaori, mientras caminaba por el corredor para ir a desayunar. En circunstancias normales, no hubiera enviado un mensaje a las 7:45 de la mañana, y menos el primer día de vacaciones de verano, pero Kaori era lo menos normal del mundo. Además, parecía siempre estar despierta.

> Necesito una consulta
> esta tarde, si puedes

Virgil deslizó el teléfono en el bolsillo de su pijama y siguió los inconfundibles sonidos de sus padres y hermanos, que solían levantarse temprano porque parecían tener una serie interminable de entrenamientos de futbol.

En la cocina, sus padres y los gemelos bebían jugo de naranja al tiempo que desbordaban sus personalidades a borbotones, mientras Virgil intentaba dar un rodeo a través de todo ese entusiasmo para alcanzar un trozo de fruta o poner a cocer un huevo.

—¡Buenos días, Virgil! —dijo Joselito.

—¡Buenos días, Galápago! —dijeron sus padres, casi al unísono.

Y luego, Julius:

—*Maayong buntag*, hermanito.

Virgil refunfuñó algo parecido a un saludo. Sus padres y sus hermanos estaban sentados en las sillas de respaldo alto frente a la barra de la cocina. Lola estaba ante la mesa de la cocina leyendo el periódico.

—Tu mamá compró demasiadas mandarinas, así que come todas las que puedas —dijo sin levantar la vista de la mesa. Después chasqueó la lengua en desaprobación. Virgil tomó dos mandarinas en cada mano y tuvo que esforzarse para que no se le cayeran mientras se sentaba a su lado. El teléfono vibró en su bolsillo.

—¿Qué estás leyendo, Lola? —preguntó Virgil. Alineó las mandarinas en una hilera perfecta frente a él, y luego revisó su teléfono.

> Estoy libre. Ven a medio día. EN PUNTO!

Virgil colocó el teléfono boca abajo en la mesa junto a las mandarinas.

—Muerte y destrucción a lo largo y ancho del Universo —dijo Lola—. Iniquidad a la vuelta de cada esquina.

Julius estiró el cuello hacia donde ellos estaban.

—Ay, Lola, no seas tan pesimista.

Virgil había sospechado durante mucho tiempo que sus hermanos provenían de una fábrica que hacía niños perfectos, atléticos y perpetuamente felices, y que él, en cambio, había sido ensamblado con las partes sobrantes. El único indicio de que algo no iba también en Joselito y Julius eran sus dedos meñiques, que mostraban una leve curvatura hacia los demás dedos.

Virgil estudió sus propias manos ocupadas en pelar una mandarina. Sus dedos eran largos y finos. Ninguno de ellos se curvaba hacia los demás.

—¿Lola, sabes algo acerca de las manos? —preguntó. Miró a Joselito y a Julius, que estaban entretenidos hablando de futbol. Su padre se había inscrito recientemente en una liga para jugadores maduros. A todos les fascinaba el futbol, menos a Virgil.

Lola bajó el periódico.

—Sé que cada una tiene cinco dedos, la mayoría de las veces.

—¿Qué quieres decir con eso de la mayoría de las veces?

—Había una niña en mi pueblo que había nacido con un pulgar extra.

—¿En serio? ¿Y qué hicieron con ese otro dedo? ¿Fue al médico y se lo cortaron?

—No. Su familia era muy pobre. No podían pagar un médico.

—Y entonces, ¿qué hicieron?

—Pues dejarle el dedo extra, ¿qué más podían hacer?

—¿Y ella se sentía como un fenómeno?

—Tal vez. Pero le dije que Dios debía saber algo que ella desconocía, y que por eso la había hecho así.

—Tal vez Dios quería que se convirtiera en una experta en solicitar transporte en la carretera —dijo Virgil.

—Tal vez. O quizás era como Ruby San Salvador.

—¿Quién era Ruby San Salvador?

—Otra niña de mi pueblo. Tenía siete hermanas. Cada vez que nacía una, sus padres hacían que les leyeran la buena fortuna. Pero cuando nació Ruby San Salvador, nadie pudo ver su futuro. En cuanto alguien lo intentaba, lo único que lograba ver era una imagen en blanco. Nadie sabía lo que eso quería decir. Ella andaba por todas partes preguntándose "¿Cuál será mi destino? ¿Cuál será mi destino?". Al final, le dije: "Nadie lo sabe, pero nos vas a enloquecer a todos".

Virgil pensó en la pobre Ruby San Salvador, que había tenido que ver a todas sus hermanas obtener algo que ella jamás podría alcanzar.

—¿Y qué fue de ella? —preguntó Virgil.

—Se marchó del pueblo para averiguar la respuesta. Y desde entonces estuvimos más tranquilos sin sus preguntas —Lola lo miró con los ojos entrecerrados—. ¿A qué viene todo esto, Virgilio? De todas las preguntas que hay en el mundo, ¿por qué vienes a interesarte en las manos?

—Me estoy dando cuenta de que mis dedos se ven bien y están muy derechitos. ¿No te parece?

Hizo las cáscaras de mandarina a un lado y puso las manos sobre la mesa para mostrarle.

Lola asintió.

—Sí, tienes manos bonitas. Tienes manos de pianista. Deberíamos conseguirte clases de piano. ¡Li! —llamó a la mamá de Virgil—. ¡Li!

—¿Sí, *manang*? —preguntó la mamá, que estaba en medio de una carcajada. Siempre estaba riendo.

—¿Por qué no hemos pensado en que Virgilio tome lecciones de piano? ¡Tiene manos de pianista!

Pero quien respondió fue el papá.

—Porque los niños deben practicar deportes y no tontear frente a un piano, ¿cierto, Galápago?

Virgil se embutió media mandarina en la boca.

El señor Salinas levantó su vaso de jugo de naranja.

—¡Lo que necesita es hacer un poco de músculo!

Lola fijó la mirada en las manos de Virgil y meneó la cabeza.

—*Ay sus* —murmuró—. Deberías tocar piano, *anak*. Con esos dedos, podrías tocar en el Madison Square Garden. ¡No me cabe la menor duda!

—Tal vez podría tomar clases —dijo Virgil, y su voz sonó extraña por la fruta que tenía en la boca.

—Sí, sí... buena idea, buena idea —dijo Lola. Pasó a mirarlo a la cara, en detalle—. ¿Te sientes mejor hoy, *anak*?

Virgil tragó la mandarina y asintió.

—Ahhh —respondió ella—. ¿Y cómo está tu mascota ésa?

—Bien, pero anoche leí en internet que los conejillos de Indias no deben vivir en soledad porque son animales muy sociales.

—¿Y?

—Pues que Gulliver vive solo.

—¿Y eso es lo que te molesta?

Gulliver nada tenía que ver con su sensación de fracaso total. Y por lo general Virgil no decía mentiras. Pero ésta era una situación en la cual contestar afirmativamente le permitiría matar dos pájaros con la misma pedrada (o alimentar a dos pájaros con la misma semilla, como le gustaba decir a Kaori). Podría ser que así le regalaran otro conejillo, y que Lola dejara de preguntarle el motivo de su cara triste.

Así que contestó:

—Sí.

Lola asintió. No entendía por qué querría uno tener un conejillo de Indias como mascota, pero todo el mundo sabía lo que era sentirse solo.

—Voy a hablar de esto con tu mamá —dijo.

# 4
## Las campanas del monasterio budista

A Kaori Tanaka, una orgullosa chica géminis de doce años, le gustaba decir a la gente que sus padres habían nacido entre la neblina de las altas montañas en una aldea samurái. La verdad era que ambos eran estadunidenses-japoneses de segunda generación, oriundos de Ohio. Pero eso no importaba. A Kaori sus huesos le decían que habían estado destinados a nacer en las montañas del Japón. A veces las personas terminaban en el lugar de origen equivocado. ¿De qué otra forma podía explicar ella sus poderes de vidente, si no era que provenía de un lugar mágico?

Quedó un poco sorprendida de recibir un mensaje de uno de sus clientes (el único, a decir verdad) el primer día de las vacaciones de verano, y más a las 7:45 de la mañana. Pero la noche anterior, cuando estaba a punto de quedarse dormida, había tenido una visión de un toro en la ladera de una colina. Ahora se percataba de que debía ser una vaca y no un toro, pues vaca comienza con V, como Virgil. La conexión entre ambas cosas no podía resultar más clara.

Ella ya estaba despierta, pues creía que valía la pena levantarse a la salida del sol siempre que fuera posible, cuando oyó el sonido de campanas de monasterio budista que tenía programado como tono en su teléfono. Era un aviso de mensaje de texto. Tomó el teléfono y lo leyó de inmediato.

—Debe ser un asunto relativamente urgente —dijo, desde su cama. Le gustaba hablar en voz alta cuando estaba a solas, por si acaso algún espíritu presente la escuchara.

Tras responder el mensaje, Kaori encendió una varita de incienso, atravesó su tapete redondo del zodiaco y salió al corredor. Golpeó suavemente en la puerta de la habitación de su hermana menor. Nadie se había despertado aún, y menos Gen, con sus siete años. Gen era cáncer; la mañana no era su mejor momento del día. Las personas de signo cáncer eran nocturnas.

—Golpear es inútil —dijo Kaori.

Abrió la puerta, y una vez más se vio asaltada, al borde de sentirse ofendida, por la visión de la cómoda rosa encendido de su hermana, las cortinas color rosa encendido, el tapete rosa encendido, y el edredón rosa encendido. No había duda de que era la habitación de una niña de segundo de primaria, con todo y peluches dispersos por el piso y piezas de una vajilla de plástico volcadas aquí y allá. Gen era monstruosamente desordenada. También tenía cierta tendencia a caer en una fiebre por algún pasatiempo que luego dejaba atrás. Estaba decidida a convertirse en campeona de algo algún día. Solía ser la rayuela. Luego las barras de ejercicio. Después, las damas chinas. Había una grabadora vieja en el piso, que había planeado aprender a usar y aprovechar, y un libro sobre Abraham Lincoln, de la época en que había pretendido ser historiadora aficionada. A los pies de su angosta cama de niña había una cuerda de saltar rosa, enroscada como una serpiente. Era la prueba de su obsesión más reciente.

—Algún día madurará —dijo Kaori a los espíritus. Atravesó la habitación para llegar hasta su hermana, y con un suspiro molesto apartó la cuerda de una patada. Gen había estado saltando a la cuerda por toda la casa durante la semana anterior, enloqueciendo a la familia entera. Ya había roto tres vasos.

—Gen —dijo Kaori, dando a su hermana un empujoncito en un hombro—. Despierta. Tendremos un cliente hoy y debemos hacer los preparativos.

Su hermana gruñó sin abrir los ojos.

—Gen —Kaori la sacudió con más fuerza. Vio que vestía un pijama con estampado de conejitos. Vaya—. ¡Arriba!

31

Gen soltó otro gruñido y se cubrió la cabeza con sus mantas.

Kaori alisó la parte delantera de su pijama, de un color negro profundo, con ribetes rojos, y dijo:

—Bien. Me encargaré yo sola de alistar las piedras de los espíritus.

Gen hizo las cobijas a un lado, con los ojos abiertos de par en par. Su cabello oscuro estaba despeinado y apuntaba en todas direcciones.

—¿Vas a usar las piedras de los espíritus?

—Sospecho que voy a necesitarlas. No es más que una corazonada. Pero si estás demasiado ocupada durmiendo...

—Ya me levanto, ya me levanto —y así fue.

—Nos vemos en la Cámara de los espíritus —dijo Kaori, y señaló el pijama de Gen—: y deshazte de los conejitos.

# 5
# Galápago

Lo de los conejillos de Indias era cierto. Se suponía que no debían vivir solos. Virgil hubiera querido no enterarse jamás de eso, porque ahora estaba convencido de que Gulliver sufría de depresión debilitante. El pobre roedor blanquinegro no había tenido compañía de su especie en el año y medio pasado, y Virgil no podía evitar pensar que no le había quedado más remedio que ver pasar las horas en soledad desesperada.

Antes de su cita con Kaori, vació el contenido de su mochila, la llenó con cobijas suaves que sacó a escondidas del armario de blancos, y luego metió a Gulliver allí. Iría con él a casa de los Tanaka. Así ninguno de los dos estaría solo.

El animalito no emitió ni un ruidito cuando Virgil lo sacó de su jaula… otro indicio de su tristeza y rencor.

—El señor de la tienda de mascotas no comentó que los conejillos fueran animales sociales —dijo, mirando a los ojos redondos y oscuros de Gulliver—. Lo siento mucho.

Virgil lo depositó cuidadosamente sobre las cobijas y cerró la cremallera de la mochila. Revisó que quedara una abertura para que pudiera respirar.

—Si te consuela un poco, te diré que sé cómo te sientes —comentó. En ese momento, el completo fracaso de Virgil los hacía almas gemelas.

Una vez que Gulliver quedó seguro y guardado, se pasó las tiras de la mochila por los hombros. Era jueves, lo cual quería decir que su mamá no comenzaba su turno en el hospital sino hasta la noche. Estaba en el sofá, con las piernas recogidas, viendo algo en el televisor. Esto resultó ser una decepción, porque Virgil esperaba escabullirse por la puerta principal sin tener que enfrentar una conversación con papá o mamá.

Pero no tuvo la suerte de que así fuera.

—¿Adónde vas, mi Galápago? —preguntó ella.

Cuando le decían Galápago era como cuando Chet Bullens lo llamaba "Retrasado" en la escuela. Sabía que sus padres no eran como Chet Bullens, pero también sabía que estaban divirtiéndose a costa de su timidez, al igual que ese niño de su escuela se burlaba del hecho de que él, a sus once años, no hubiera memorizado ya las tablas de multiplicar.

¿Sabían ellos cuanto detestaba ese apodo?

—A casa de Kaori —murmuró.

La señora Salinas y la señora Tanaka se conocían del hospital, pues ambas eran enfermeras.

—Llévale un mango y dile que lo guarde para cuando esté maduro.

Virgil corrió a la cocina, consciente de los minutos que pasaban de prisa, y tomó un mango del frutero. Lola había pasado los últimos tres días quejándose de la cantidad de fruta que su mamá había comprado, así que supo que ella trataba de demostrar que tenía razón al encontrarle un buen destino a cada mango y cada mandarina.

Justo cuando hizo girar la perilla de la puerta de entrada, su mamá añadió:

—No vayas a alejarte demasiado, Galápago. *Mahal kita*. Ve con cuidado.

Él vaciló ante la puerta entreabierta.

—¿Mamá?

—¿Sí?

*No me digas así.*

*Me hace sentir como si tuviera seis años.*

*Me hace sentir como un fracasado.*

—*Mahal kita* —le dijo, que significaba "te quiero".

Y salió bajo el cálido sol.

# 6
## El tigre de la calle Olmo

Los Tanaka vivían en una casa común y corriente al otro lado de una zona de colinas cubiertas de bosque tupido, en el número 1401 de la calle Arce. Para Virgil no era una caminata larga, bastaba con cortar por en medio del bosque, cruzar las calles Olmo y Fresno, y listo, ya estaba allí. En lugar de eso, el destino (o la mala suerte, no sabía bien cuál de los dos) había puesto la casa de Chet Bullens justo en medio del camino hacia el domicilio de los Tanaka, en el número 1417 de la misma calle. Y el noventa por ciento de las veces, Chet, también conocido como el Bulldog (porque su apellido sonaba parecido), estaba frente a su casa lanzando la bola a un aro de baloncesto. Los papás de Virgil se quejaban de que los niños actuales pasaban muy poco tiempo al aire libre porque estaban demasiado ocupados jugando videojuegos. Pero el Bulldog no era así. Acechaba su calle como un tigre.

Para Virgil el apodo de Bulldog no era sólo por el parecido con su apellido, sino porque el chico verdaderamente parecía un bulldog. Siempre listo para gruñir y lanzarse al ataque, o para llamar a Virgil Retrasado o gallina. A veces, hasta esperaba ver que le saliera humo por la nariz.

Virgil tenía que dar un rodeo de varias calles para evitar el 1417 de la calle Olmo. Eso hacía más largo el camino, pero ¿qué otra salida tenía? Así que cuando salió del bosque, en Olmo, volteó a la izquierda de inmediato, aunque hubiera podido andar una calle a la derecha para luego cruzar y estar frente a la puerta de los Tanaka en un instante.

Bajó la cabeza y enganchó los pulgares en las tiras de su mochila. *Camina, camina, camina. Cuando llegues a la casa de la puerta verde, en la esquina, voltea a la derecha.*

Por alguna razón, Virgil estaba convencido de que, si no establecía contacto visual, pasaría desapercibido.

Pero no era así.

—¡Hey, Retrasado!

La voz provenía de algún lugar a sus espaldas, a cierta distancia. Pero eso no importaba. El Bulldog sabía cómo atravesar una distancia a la velocidad de una bala.

El corazón de Virgil latió con fuerza.

El plan de voltear a la derecha en la casa de la puerta verde no era infalible. A veces Chet se alejaba de su casa, con sus manotas sosteniendo el balón de baloncesto. Era inevitable.

Virgil no levantó la vista. Aceleró el paso.

—¡Hey, RETRASADO! ¿No te sabes ni tu nombre?

Virgil sentía que le chorreaba sudor por la espalda mientras trataba de caminar rápido. O el sol estaba calentando más o sus nervios estaban perdiendo su aguante.

Oyó movimiento tras él. Pisadas de zapatos deportivos sobre concreto.

¿Lo empujaría desde atrás? ¿O le haría rebotar el balón en la cabeza? En la escuela, por lo general se contentaba con arrinconarlo contra una pared. El Bulldog nunca lo había derribado al suelo ni lo había golpeado ni algo parecido. Pero siempre había una primera vez.

Distinguió los zapatos del Bulldog. Percibió el olor de su sudor, y se preguntó si él olería igual.

—¿Adónde vas, Retrasado? —le preguntó el Bulldog, caminando a su lado como si fueran amigos.

Virgil no respondió. *Camina, camina, camina.*

—Hey, una pregunta —continuó—: ¿cuánto es cinco por cinco?

*Camina, camina, camina.*

—Eres un Retrasado, así que seguramente no sabes, pero cinco por cinco son las veces que me he besado con tu hermana.

El Bulldog aulló soltando risotadas. *Sigue, sigue.* Virgil se imaginó una realidad paralela en la cual él se daba vuelta, con los pies bien plantados en el suelo, y miraba a Chet Bullens a la cara.

*Ni siquiera tengo hermanas, bestia ignorante,* diría el Virgil alterno, y luego tomaría al Bulldog por el cuello de la camisa con su mano con dedos de pianista consumado, y lo estrellaría contra el árbol más cercano. *Retira tus palabras,* le diría. Pero el Bulldog no sería capaz de hablar porque la presión en el cuello de la camisa se lo impediría, así que Virgil lo levantaría con una sola mano y lo lanzaría hasta el otro lado del vecindario. Volaría por encima de treinta y tantos tejados para luego ir a parar sobre una chimenea, que estaría encendida a pesar de que era verano y nadie usaba la chimenea en esos meses. Y se quedaría atrapado allí, donde empezaría a cocerse como una brocheta.

Pero ese Virgil alterno no existía, sólo Galápago, tímido como una tortuga que no se asoma de su caparazón. Así que, en lugar de hablar, salió disparado corriendo.

El Bulldog no lo persiguió. Se limitó a reír.

# 7

## Un futuro muy particular

**I**ncluso después de perder de vista a Chet Bullens, aquellas risotadas siguieron a Virgil como una mosca molesta, hasta que llegó a la casa de ladrillo rojo de la familia Tanaka.

Costaba creer que alguien como Kaori viviera en una casa tan común y corriente. Pero también había que pensar que eran sus padres quienes la habían comprado, y Virgil sabía, por experiencia, que uno no puede elegir a sus padres.

Gen abrió la puerta principal apenas una ranura. Una cuerda de saltar de color rosa colgaba de su cuello como un estetoscopio. Virgil recordó la última vez que había tenido que brincar la cuerda en clase de deportes. Las cosas no habían salido muy bien.

—Contraseña —dijo.

—Ya he venido cinco veces. ¿Tengo que seguir con es…?

—¡Contraseña!

Virgil suspiró.

—Venus sale por el poniente.

Gen asintió y se hizo a un lado. Virgil miró la hora en su teléfono. Había llegado puntual, a pesar de todo. Ya alcanzaba a oler el incienso que llegaba por el corredor desde la habitación de Kaori, que ella llamaba "la Cámara de los espíritus". No había muchos muebles ni adornos en su habitación. La cama y el tapete, una mesa para el incienso, un enorme y complejo cartel de las constelaciones clavado en una pared, y libros apilados en los rincones.

Kaori estaba sentada en el tapete con las piernas cruzadas y un saquito de cordón en el regazo. El humo del incienso se encrespaba sobre su cabeza antes de desvanecerse. Gen se sentó a su lado. Virgil se sentó también y colocó su mochila con cuidado sobre las piernas. Luego sacó el mango y lo depositó en el tapete, frente a él.

—Mamá me dijo que te lo trajera, pero espera a que madure antes de comerlo —dijo.

Kaori hizo un ademán con la cabeza a Gen, quien tomó el mango con ambas manos y lo hizo a un lado.

Virgil miró dentro de su mochila para ver cómo iba Gulliver.

—¿Quieres darle tus cosas a Gen para que las ponga en alguna parte? —preguntó Kaori.

—No —respondió rápidamente Virgil—. Aquí traigo a mi conejillo de Indias.

A Gen se le iluminaron los ojos.

—¿En serio? —trató de acercarse a la mochila, pero su hermana le ordenó permanecer en su sitio.

—¿Tienes un *roedor* en la mochila? —preguntó, entrecerrando los ojos delineados con color negro.

—Técnicamente, sí —contestó él—, pero no es que sea una rata ni nada por el estilo. Es un conejillo de Indias.

—Un roedor es un roedor, sin importar cuál sea en particular —Kaori hizo una pausa—. Ahora, pasemos a nuestros asuntos.

Tomó el saquito. Parecía uno de los que se usan para guardar canicas, pero cuando Virgil metió la mano dentro, se dio cuenta de que contenía piedras, como las que su mamá usaba en el jardín.

—Escoge una, sin mirarla. Y ponla sobre el tapete, entre nosotros —dijo ella.

La piedra que sacó Virgil nada tenía de especial ni notable, hasta donde él podía ver. Era gris, lisa, y tenía una forma más o menos semejante a una media luna.

Kaori la estudió con la minucia de un arqueólogo. Luego se enderezó y cerró los ojos.

—Tienes un futuro muy particular por delante —le dijo. Se llevó los dedos índice a las sienes. Se había peinado de manera que el cabello se proyectaba hacia los lados y hacia arriba, como si hubiera recibido una gran descarga eléctrica, y tenía los labios pintados de un color levemente azul—. Muy particular, sí.

—¿En qué sentido será particular?

Kaori apretó los labios.

—Shhhh.

Gulliver estornudó.

—Algo te va a suceder —continuó Kaori.

Virgil miró a Gen. Ella se encogió de hombros.

—¿Y eso es todo? —preguntó—. ¿Algo me va a suceder?

—Veo oscuridad —dijo ella.

—Tienes los ojos cerrados.

Kaori suspiró sin abrir los ojos.

—Ya sé que los tengo cerrados, no seas tonto. No me refería a eso.

—¿Qué tipo de oscuridad?

—Sólo oscuridad.

A Virgil le martilleó el corazón.

Su segundo secreto mejor guardado era que le temía a la oscuridad. Sí, tenía once años y no debería seguir asustándose por eso, pero no podía evitarlo. Tal vez se debía a los cuentos que Lola le contaba, de los malvados monos de tres cabezas que abundaban en la oscuridad, o sus historias de niños malos que eran raptados por aves en lo profundo de la noche. La oscuridad era una bestia ciega, según Virgil.

Tragó saliva y sintió un nudo en la garganta, del tamaño del balón de Chet Bullens.

—No veo más —dijo Kaori. Abrió los ojos y se estiró hacia Gen para tomar el mango. Lo olió—: ¿Cómo saber cuando ya está maduro?

—Sentirás que está más blando, pero no demasiado blando —contestó él. Arrinconó su miedo hacia algún lugar de su mente y volvió a revisar el estado de Gulliver—. Hey, en realidad vine por un problema específico.

—¿Qué tipo de problema?

Miró a Kaori y luego a Gen, y organizó todas sus ideas en la mente. Se imaginó las palabras en fila perfecta para salir por su boca con total claridad, sin tartamudeos ni vacilaciones, sin sonar como boberías. Esto era muy importante. Estaba a punto de revelar su primer secreto mejor guardado, el más confidencial de todos. El que lo convertía en un completo fracaso.

—Mmmm… —dijo.

Kaori se pasó el mango de una mano a la otra.

—Pues lo que sucede es… —continuó—, que hay una niña que conozco… no, es una que quiero conocer… quiero hablarle, mmm… Planeaba hablarle desde el comienzo del año, pero mmm… el año ya se acabó y… y yo, mmm… nunca llegué a saludarla ni a presentarme. Pero, tengo la sensación de que llegaremos a ser amigos… ya sabes… como…

—Como una premonición —dijo Kaori. Colocó el mango en el tapete, justo sobre el signo de acuario.

—Sí, supongo que sí. Exacto, sí —a Virgil se le encendieron las mejillas.

Gen se rascó un codo.

—¿Y por qué no fuiste y le preguntaste si quería ser tu amiga? Eso es lo que yo hubiera hecho.

Kaori le lanzó una mirada fulminante.

—Calla, Gen. Tú apenas comienzas la escuela primaria y nosotros ya estamos en secundaria. Las cosas no funcionan igual. Además, Virgil es muy tímido. ¿No lo entiendes?

Virgil sintió que desde el pecho le subían llamaradas de humillación.

—Puedo ayudarte —dijo Kaori—. ¿Cómo se llama ella?

—Mmmm…

—Ni siquiera vamos a la misma escuela. Puedes contarme, probablemente no la conozco.

Eso era cierto. Kaori iba a una escuela privada. Pero a pesar de eso… él no se sentía preparado para decir aquel nombre en voz alta. Toda la situación ya le producía suficiente vergüenza.

—Entonces, dime sus iniciales —propuso Kaori.

—Bien —Virgil tomó aire—: V. S.

Kaori ladeó la cabeza confundida.

—Pero si ésas son tus iniciales.

—Ya lo sé.

Kaori se iluminó por completo, como si se hubiera sentado en un fogón caliente.

—¡Pero si es el destino! ¡Es como si estuvieran destinados a ser amigos! Las casualidades no existen, Virgil Salinas —se veía eufórica—. ¿Sabes cuál es su signo del zodiaco?

Le daba vergüenza admitir que sí, lo sabía. Todos los niños que asistían a las clases especiales de los jueves celebraban su cumpleaños con un pastel, y él se había propuesto tomar nota cuando fuera el turno de Valencia.

Los cumpleaños eran el único momento en que el grupo de alumnos que asistían a esas clases se reunían. El resto del tiempo estaba cada uno en su mesa con su profesor, trabajando en la dificultad que los había llevado allí. Virgil pasaba una hora con la señora Giegrich, aprendiendo cosas de números, y Valencia estaba con el señor King, aunque Virgil no estaba muy seguro de qué era lo que necesitaba aprender ella, pues parecía bastante lista. Quizá lo que hacía era revisar los deberes de la semana para asegurarse que ella había entendido todo. A veces, su profesor la dejaba leer toda la hora. Una vez, Virgil logró echarle un vistazo al libro. Decía que era sobre la vida de una tal Jane Goodall. Esa noche buscó en Google y se enteró de que era una de las expertas en chimpancés más famosas del mundo. Se prometió leer ese mismo libro. Algún día.

—Escorpión —dijo.

—¡Oh! ¡Valiente y de espíritu aventurero! ¡Dinámica pero irascible! ¡Entusiasta y segura de sí misma! Ya veo por qué no te has atrevido a hablarle. Es muy diferente de ti.

Virgil supo que no lo decía a modo de insulto, pero le dolió.

Kaori se mordió el labio inferior. Gen tomó ambos extremos de su cuerda y tiró de ellos hasta tensarla. Virgil bajó la vista hacia Gulliver.

Transcurrieron unos instantes de denso silencio.

—Ya sé —dijo Kaori al fin. Se había arrastrado hacia delante, inclinándose sobre Virgil como si fuera a otorgarle el dato más importante en toda la historia de la información. Estaba tan cerca que él podía oler el sabor a menta de la goma que ella mascaba.

—Busca cinco piedras, todas de diferente tamaño. Y tráelas el próximo sábado a las once en punto de la mañana. ¿Entendiste?

—Sí.

—Ah, una cosa más —Kaori se llevó la mano al bolsillo—. ¿Sigues yendo con Lola los viernes al supermercado?

—Sí.

Le entregó una tarjeta.

—Lleva esto cuando vayas. Ponla en el tablón de anuncios. Yo también podría hacerlo, pero mis padres se aterran cuando ofrezco mi nombre y teléfono a perfectos desconocidos.

Virgil recibió la tarjeta.

En el reverso estaba su número telefónico personal.

—Ponla donde la gente la vea —agregó.

Virgil prometió que lo haría.

# 8
## Tragedia en el pasillo de congelados

—¿**P**or qué estás tan callado, *anak*? —preguntó Lola cuando se metieron a un pasillo del supermercado.

—Yo siempre estoy callado —dijo Virgil.

—No con tu Lola. Además, me parece que es un silencio de otro tipo: silencio y quietud de los ojos.

—Estaba pensando.

—¿En qué?

Virgil hizo una pausa.

—En Malaya de los cocodrilos.

No era precisamente una mentira.

Según contaba Lola, Malaya era una chica filipina que una vez había llegado a una aldea donde la gente se moría de hambre. La aldea estaba situada a orillas de un gran río junto al cual crecían frutas tentadoras y exuberantes verduras, pero no estaba permitido que las comieran porque pertenecían al cocodrilo. Un día, Malaya apareció. Tomó una guayaba de un árbol y se la comió. La gente de la aldea estaba aterrorizada. Le dijeron que no podía hacer eso, que los matarían a todos. Pero ella siguió comiendo. Encendió una fogata y coció algunos de los vegetales. Alimentó a todos los aldeanos, pues estaban asustados pero hambrientos, y no se resistieron. Como era de esperar, el cocodrilo salió del agua y exigió que le dijeran quién se había comido todo su alimento. Malaya dio un paso al frente, con toda la aldea a sus espaldas. Se señaló el pecho con el dedo: "fui yo". El cocodrilo dijo que ahora tendría que comerse a los aldeanos, ya que lo habían dejado sin comida. Cuando abrió su bocota, dejando brillar sus afilados colmillos, Malaya levantó un leño encendido de la fogata con las manos y se lo embutió en el hocico. El cocodrilo, como resultado, murió.

Malaya a nada le temía.

Valencia tampoco.

No hacía falta que Virgil se atreviera a hablarle para saberlo. Se notaba.

—¿Y por qué recordaste a Malaya? —preguntó Lola, y con eso Vigil salió de la aldea hambrienta para regresar a su realidad en el supermercado.

Estaba a punto de contarle. A punto de decirle: "Estoy pensando en Malaya de los cocodrilos porque hay una niña en la escuela que se llama Valencia, y que me hace pensar en Malaya", cuando sucedió la cosa más extraña: Valencia apareció. Justo allí, en el pasillo de congelados. Valencia Somerset. Avanzaba detrás de su madre, con desgana, mirando indiferente la sección de papas listas para freír. Ninguna parecía muy contenta.

Era una sensación extraña eso de estar pensando en alguien y que de súbito apareciera. Como si los pensamientos se hicieran realidad. *Debe ser el destino.* No sabía si él creía en el destino, pero la cosa tenía su lógica. De otra forma, ¿cómo explicar semejante coincidencia? Jamás, en sus once años de vida, había visto a Valencia Somerset fuera de la escuela, no hasta ese día.

*"Las casualidades no existen."*

*"Es como si estuvieran destinados a ser amigos."*

—¿Anak? —lo llamó Lola, empujando el carrito un poco mientras contemplaba las pizzas congeladas. A Joselito y a Julius les fascinaban, pero Lola nunca lograba convencerse de si eran buena idea o no—. Aunque económicas, son sólo basura —dijo—. ¿Y tú? ¿Estás en la Luna?

Valencia no lo había visto. Estaba muy ocupada pretendiendo que su mamá no estaba allí. Virgil conocía ese sentimiento.

¿Qué pasaría si ella levantaba la vista y lo encontraba allí? ¿Lo saludaría? ¿O debía saludarla él? ¿Cómo? ¿Cómo se saluda a alguien con aparatos auditivos? ¿Se le habla normalmente o de manera especial? Tal vez podría saludarla con un gesto de la mano. ¿Y después qué? ¿Qué iba a decirle después?

De repente, Virgil fue consciente de su presencia. Retrocedió para ocultarse detrás de la abuela. No podía permitir que Valencia lo viera ahora, justo cuando no tenía la menor idea de qué decir o hacer. ¿Qué tal que éste fuera su destino, y que estuviera a punto de echar todo a perder por... por comportarse como acostumbraba?

Lola arrojó la pizza-basura a la canastilla.

—¿Qué pasa? ¿Qué sucede? —su Lola siempre estaba alerta, sin importar que asunto fuera.

—Mmmm —dijo Virgil—. En el almuerzo comimos habas.

Lola levantó las cejas.

—¿Y ésas son las noticias de tu día? Verdaderamente necesitas encontrar algo más emocionante que hacer.

Sacó una bolsa con coles de Bruselas de un congelador y la puso también en el carrito. La empujó un poco. Había cuatro personas en el pasillo: ellos y las Somerset. ¿Acaso las luces del lugar siempre habían sido tan deslumbrantes?

Era difícil mantenerse oculto detrás de Lola dado que, por un lado, ella era tan delgada como una varita. Y por otro, su Lola volteaba para preguntarle cosas:

—¿Qué haces ahí, Virgilio? ¡*Ay sus*, que te metes entre los pies!

Virgil se detuvo.

La señora Somerset puso una bolsa con papas listas para freír en su carrito. Valencia seguía mirando un congelador como si fuera la puerta que la llevaría a Narnia.

—Ajá —dijo Virgil.

El destino le había brindado otra oportunidad y él... ¿iba a esconderse detrás de Lola?

Pasó saliva.

—Ajá —dijo de nuevo.

En cualquier momento Valencia iba a mirar hacia otro lado y lo vería, y él tendría que hacer algo. Tendría que hablarle.

*Voy a hacerlo. Ahora mismo. Voy a saludarla y le diré "hola". No me importa si parezco un tonto al hacerlo.*

*Las casualidades no existen.*

Dio un paso adelante.

Cuando Valencia dio media vuelta para alejarse sin verlo, Virgil no supo si debía reír o llorar.

Soltó un suspiro de derrota y miró a Lola, que sostenía una bolsa con guisantes congelados en cada mano, y comparaba calidad o precios. Virgil no sabía bien cuál de los dos.

—¿Podemos llevar helado? —preguntó. El helado aguardaba en filas muy ordenadas en el congelador del otro lado del pasillo. Si iba a ser un completo fracaso, al menos podía obtener algo con qué entusiasmarse. Y rápidamente agregó—: Helado del bueno

—Lola tenía la costumbre de comprar el más barato. A Virgil le parecía que no tenía nada de lógica. La marca que solía llevar venía en un recipiente plástico el triple de grande que los demás, pero no tenía tan buen sabor. Parecería que más helado debía costar más dinero, pero todo indicaba que las cosas no funcionaban así en el mundo del helado. Virgil preferiría comer menos helado, si éste tenía mejor sabor.

Lola siguió con la vista fija en los guisantes.

—De fresa —dijo ella.

Virgil hubiera preferido de vainilla, pero no quería arriesgarse a perder la negociación.

Estaba estudiando los helados en busca del tipo perfecto, uno con trozos de auténtica fresa, cuando otro rostro conocido apareció reflejado en el vidrio.

Chet Bullens, el Bulldog, el chico con cara de perro gruñón, como también lo llamaba Lola, aunque nunca lo hubiera visto con sus propios ojos ni supiera que así le decían en la escuela, estaba detrás de él, hablando con su papá.

Era como si hubiera una reunión de la Escuela Boyd en el supermercado. Las dos personas alrededor de las cuales giraba la mayoría de sus pensamientos estaban bajo este mismo techo de esta especie de hangar, junto con las ofertas de dos bebidas por el precio de una.

El Bulldog no lo había visto. No todavía.

Virgil abrió el congelador de inmediato. La puerta se opacó con el aire frío que salía, ocultando al Bulldog hijo y al Bulldog padre (y más importante aún, ocultándolo a él). Permaneció allí hasta que se le erizó la piel de los brazos. Hasta que le castañetearon los dientes. Hasta que estuvo seguro de que los Bullens se habían marchado y Lola lo llamaba desde el extremo del pasillo.

—¡Apresúrate, *anak*!

Tomó el recipiente de helado más cercano sin siquiera molestarse en ver de qué sabor era.

# 9
## Valencia

**M**i nombre puede ser un grito de guerra.
*¡Valencia! ¡Valencia! ¡Valencia!*

Ya sea que uno lo piense o lo escriba en un papel, es un buen nombre, tiene fuerza. Es el nombre de alguien que al entrar en una habitación dice "¡aquí estoy!", en lugar de "¿dónde estás?".

Valencia Somerset… Sí, es un buen nombre. Mamá cuenta que tenían planeado llamarme Amy, pero que le bastó con verme una sola vez para decidirse por Valencia.

Mi nombre es una de las pocas cosas en las que mamá yo estamos de acuerdo. Incluso ahora, en el pasillo de los congelados en el supermercado, ella está sacando un paquete de papas a la francesa en lugar de papas en espiral… En serio: ¿quién impuso las papas a la francesa sobre el resto?

Le doy un toquecito en el hombro para que voltee a mirarme y le digo:

—¿Podemos comprar de las que vienen en espiral?

El zumbido de los congeladores resuena en mis audífonos y ahoga la mayor parte de sus palabras, pero no hace falta que la escuche con claridad para entender la negativa: *cuando sea grande y obtenga mi propio dinero para el supermercado podré comprar la forma de papas fritas que se me antoje, bla bla blá.*

Como diga.

Yo ni siquiera quería venir al supermercado porque es muy aburrido y ella nunca me deja comprar lo que quiero, pero vine porque papá no había vuelto aún de la oficina y ella necesitaba ayuda, primero para llevar todas las bolsas al coche, y después para cargarlas a casa. No tiene sentido discutir con ella. Una nunca puede ganar, nunca. Así que ahora estoy aquí, contra mi voluntad, y con el mal humor acumulado, porque anoche soñé otra vez la pesadilla. Desperté de madrugada con el corazón latiendo tan deprisa que pensé iba a salirse de mi pecho. Y después no pude volver a dormir. Así que estoy despierta desde antes del amanecer.

Lo único bueno que tiene despertarse antes del amanecer es que uno puede ver la salida del sol. Es algo que sucede muy despacio y a la vez muy rápido, y eso es lo que más me gusta. Debes estar ahí justo en el momento preciso. Y si uno lo logra, puede ver cómo el cielo cambia de gris a un tono rojizo y de repente se da uno cuenta de que ya comenzó la mañana. Que terminó la oscuridad.

Así que sobreviví a una pesadilla, y ahora estoy atrapada en otra: el supermercado con mamá.

—Ve a buscarme tres aguacates —dice, como si yo fuera su sirvienta personal. Y luego señala hacia la sección de frutas y verduras, que queda como a quinientos pasillos de donde estamos. ¡Fantástico! Ahora tendré que ir a buscar aguacates, y ni siquiera me gustan.

Decido tomarme mi tiempo. Camino muy despacio y pienso en todas las cosas increíbles que podría estar haciendo en este momento en lugar de caminar en el supermercado, como observar el nido de pájaros que hay frente a la ventana de la habitación de mis padres. Tiene dos polluelos dentro. Antes eran tres. Quiero pensar que el tercero ya emprendió un viaje fabuloso a alguna parte, pero he leído mucho sobre la primera etapa de los pajarillos, y sé que la vida puede ser difícil. Es difícil defenderse cuando uno no ha aprendido a volar. A veces, los polluelos caen del nido. A veces otro animal los encuentra y se los come. Si no estuviera buscando aguacates en el supermercado, podría estar en casa vigilando a los otros dos chiquillos, aunque el árbol sea tan alto que me obligue a voltear la cabeza en un ángulo impresionante antes de conseguir verlos. Al menos sabría que hay alguien que los cuida. De la misma manera que San René vela por mí.

A pesar de que opino que los aguacates son un poco raros y me desagradan, soy buena en escoger los mejores. Hay que encontrar uno que sea de color un poco más oscuro, no demasiado verde. Después de colocarlo en la palma de la mano, se aprieta suavemente. Si lo haces con demasiada fuerza, el aguacate se magullará. Debe estar suave pero firme. Si cede mucho, es probable que esté demasiado maduro. Pero si cede un poco, seguramente estará perfecto.

Tan pronto como termino de elegir los tres aguacates perfectos, se oye un anuncio por el sistema de sonido que ruge en mis audífonos. A veces pienso que la vida es mejor cuando uno no puede oír el ruido. No puedo distinguir todas las palabras, pero me parece que escucho "especiales de la semana", lo cual quiere decir que va a hacer un anuncio larguísimo. Estoy cerca de la puerta automática, así que salgo para alejarme del ruido, y entonces recuerdo los tres aguacates en mis manos y como no quiero parecer una ladrona me detengo donde estoy y miro el tablero de avisos que hay cerca de la entrada, como si ésa hubiera sido mi intención desde el principio.

El anuncio sonoro termina tan pronto como encuentro algo interesante.

¿Vidente?

¿No se admiten adultos?

No sabía que hubiera videntes que se especializaban en una edad en particular.

Me mordisqueo el labio y contemplo las palabras "VIDENTE" y "NO SE ADMITEN ADULTOS" por una eternidad. Y una idea se forma en mi cabeza.

Ya sé que los videntes se especializan en el futuro, pero no me importa mucho el futuro. Lo que me preocupa es el presente, el aquí y ahora. Y ahora mismo, me hace mucha falta dormir.

Tomo la tarjeta y busco el número. Con una sola mano, para no soltar los aguacates, escribo el número en un mensaje de texto de mi teléfono. No me preocupa tanto el teléfono porque mamá le compró un superprotector de pantalla, para que no se estropeé si cae. Lo preocupante es que ella dijo "para cuando se te caiga" y no "por si se te llega a caer", a pesar de que nunca he roto algo en toda mi vida. Bueno, no que ella sepa.

> Hola. Encontré tu tarjeta en el súper. Sabes interpretar los sueños?

Espero un momento. Poco después un globito aparece. Está escribiendo.

> Sí. Sé todo sobre los sueños. He leído a Freud. Te anoto para una consulta?

Alguien tropieza conmigo, y me doy cuenta de que estoy demasiado cerca de las puertas automáticas. Doy un paso hacia el tablero de anuncios. Estoy a punto de responder con un mensaje cuando se me pasa por la mente que la persona con la que me estoy comunicando bien podría ser un asesino o algo así. El hecho de que la tarjeta diga "Kaori Tanaka" no quiere decir que la persona sea en realidad Kaori Tanaka. O tal vez la persona sí es Kaori Tanaka, pero esa Kaori Tanaka puede ser una furiosa demente que escapó de un asilo y le gusta desayunar niñas de once años.

> Cuantos años tienes? Cómo sé que no eres una asesina demente?

> Tengo doce, y no seas ridícula.

> No suenas como de doce.

El globito aparece de nuevo:

> Será porque soy la reencarnación del espíritu de una luchadora por la libertad de sesenta y cinco años de edad.

Mmmm... No sé si eso me hace sentir mejor o peor.

Debería pensarlo mejor.

Guardo el teléfono de vuelta en mi bolsillo y camino hacia el otro extremo del supermercado, en busca de mamá. En el camino veo a ese chico de la escuela que tiene la cara como arrugada o estrujada. Me parece que se llama Chet. Y lo sé porque al señor Piper le gusta escribir en el pizarrón los nombres de los alumnos mal portados, cosa que es completamente infantil, pero a veces los maestros nos tratan como si tuviéramos siete años. Los maestros y los papás tienen muchas cosas en común.

En todo caso, el nombre de este chico siempre está en el pizarrón porque se comporta como un perfecto cretino la mayor parte del tiempo. No conozco su apellido, pero no importa. Ni siquiera pienso en él como Chet, sino como Fruncido. Sé que no es muy bonito de mi parte, pero ¿qué más puedo hacer? Tiene la cara arrugada, como si todo el tiempo estuviera oliendo algo desagradable. Tiene los ojos redondos y las mejillas también, y todos sus rasgos parecen amontonados. La maldad siempre resalta en la cara de las personas. A veces hay que mirar muy bien para encontrarla. Pero otras veces forma parte de los rasgos de una persona, y así pasa con Chet.

Así que Fruncido va caminando hacia la zona de las cajas con un Fruncido adulto, supongo que su papá, y yo voy en la dirección opuesta. Lo miro fijamente al pasar, porque sé que algo va a suceder. Y no me equivoco. Se embute un dedo en cada oreja, pone ojos de bizco y saca la lengua por un lado de la boca. Me ha estado haciendo esa mueca desde el primer día de clases, cuando se enteró de que yo era sorda. La verdad es que necesita inventar algo nuevo.

—Eres un bobo —le digo.

No sé si me oye o no.

Que se entere de una vez.

# 10
## Los Bullens

Había algo muy raro en la sordera. No era una cosa natural. Esa niña era una descarada.

Chet sospechaba que en realidad no era sorda. Se preguntó si fingía serlo para así poder espiar a todos los demás. Si en verdad era sorda, ¿cómo podía hablar? Incluso aunque sonaba como si tuviera la boca llena de canicas. Probablemente eso también lo fingía. Además, sabía leer los labios, y eso era aterrador. Seguro que leía los labios de todos y luego anotaba en su diario los secretos de los que se enteraba. Tal vez sabía todo, como quién había robado cosas de la máquina de golosinas o quién había tallado palabrotas en las mesas. Y eso hacía que a Chet le hormigueara la piel, pues él era quien había hecho tales cosas.

Miró a su papá, que estaba vestido con su "pinta de después del trabajo", como decía su mamá: la camisa sin corbata, con el primer botón desabrochado, pantalones negros. Chet no sabía muy bien qué era lo que hacía su papá en la oficina, pero, fuera lo que fuera, él también quería hacerlo. Algo relacionado con ventas corporativas, y quién sabe qué sería eso. Pero lo convertía en una persona importante que a veces tenía que viajar a lugares lejanos como Europa, o Seattle, a varias horas de vuelo.

El señor Bullens decía que un hombre inteligente tenía una respuesta para cada pregunta. Que así era como se lograba el respeto: conociendo más que los demás, y enseñando a los menos listos. El respeto se manifestaba de dos maneras: miedo o admiración. A veces, ambas. De lo contrario, uno no era más que un pobre infeliz en la base de la cadena alimenticia, listo para morir aplastado bajo la suela de cualquier otro.

Por eso a Chet le gustaba hacer preguntas a su papá. Siempre obtenía una respuesta, y aprendía algo nuevo.

—¿Qué es lo que vuelve sordas a las personas? —preguntó Chet.

El señor se detuvo y tomó un paquete grande de Doritos. Al papá de Chet le encantaban los Doritos. A veces le decía a Chet que tomara el paquete que más se le antojara para comer en casa. Chet siempre escogía Doritos, aunque en el fondo prefería otra variedad.

—No sé. Debe haber muchas causas, creo —dijo el papá, poniendo los Doritos en el carrito—. Hay personas que nacen con defectos. ¿Por qué? ¿Ves a algún sordo?

Chet miró despreocupadamente por encima de su hombro. Valencia ya se había ido. Pero él seguía sintiendo su mirada penetrante.

Definitivamente había algo mal en esa chica. Los sordos eran raros, y ya.

—No —contestó Chet—. Sólo pensaba...

—Tienen a unos cuantos trabajando aquí. A veces los supermercados le dan trabajo a ese tipo de personas. Es una especie de favor, ¿me entiendes? A los minusválidos no les funciona todo bien aquí arriba —el señor se dio un golpecito en la frente—, pero pueden empacar las compras sin problema.

Chet asintió.

—Anoche te oí rebotando el balón frente a nuestra cochera —dijo el señor. Iban pasando frente al pasillo de las galletas. El señor Bullens avanzaba sin prestar mucha atención—. ¿Sigues practicando?

Chet sintió que se le calentaba el cuello. Tuvo la esperanza de que no se le pusiera colorado.

—Sip. Supongo que si practico todo el verano puede ser que logre entrar en el equipo esta vez. Las pruebas son hasta otoño, así que... —se encogió de hombros. Quizá si no se mostraba preocupado, haría ver que no era la gran cosa. Quizá, de tanto intentarlo al final llegaría a hacerlo bien. Había oído ese consejo en alguna parte.

—El entrenador no olvidará fácilmente el desastre de las pruebas del año pasado —dijo el señor Bullens.

Salieron del pasillo. El señor Bullens estudió las filas en cada caja para hallar la más corta. Chet lo siguió sin quedarse atrás.

—¿Cuántos tiros encestaste anoche?

Chet se embutió las manos en los bolsillos y caminó más lento mientras su padre se decidía por la caja número 7.

—Bastantes —dijo, carraspeando—. Perdí la cuenta.

El señor se volteó hacia él y le sonrió. Le dio unas palmaditas con fuerza en el hombro, y un pellizco en la nuca.

—No todos podemos ser estrellas del baloncesto. Ya encontrarás tu deporte. Simplemente parece que lo tuyo no es la duela.

El señor Bullens volcó su atención en la cinta transportadora de la caja. La mujer que estaba delante la había atiborrado de cenas congeladas listas para calentar, pastelillos y botellas de dos litros de gaseosa. La mujer era de un tamaño descomunal, y su vestido la hacía ver aún más rechoncha.

El señor Bullens se inclinó hacia su hijo y dijo en voz baja:

—Debería comprar más verduras, ¿no te parece? —y rio.

La mujer volteó hacia ellos con mirada de pocos amigos, semejante a la que Valencia había dedicado a Chet. Se preguntó si la mujer los habría escuchado.

Esperaba que así fuera. A veces, la única forma de que la gente aprendiera era haciéndola pasar vergüenza: sacudirla, hacerle ver lo equivocado en sus hábitos. Eso era lo que decía el señor Bullens. Y funcionaba. Las personas por lo general se erguían ante su padre.

Chet rio.

—Claro que sí.

La mujer había comprado muchas cosas, así que pasó un tiempo antes de que los chicos Bullens pudieran comenzar a descargar su canastilla. Salchichas, Doritos, carne molida, helado, palomitas de maíz con mantequilla, galletas y dos barras de chocolate.

El adolescente que se desempeñaba como cajero era lento y titubeaba mucho, tenía el rostro cubierto de espinillas. Se llamaba Kenny, según informaba una plaquita que colgaba torcida del bolsillo de su camisa. Debajo decía "en capacitación".

—Para cuando salgamos de aquí, mi hijo ya estará por graduarse de bachiller —dijo el señor Bullens.

Soltó una carcajada para mostrar que era broma.

—Querrás decir, de la universidad —añadió Chet, con el volumen suficiente para que sólo su papá alcanzara a oírlo.

# 11
## Cuidado con el rojo

Los conejillos de Indias no tienen una rutina de sueño normal. Virgil lo aprendió en internet. Como son animales pequeños y delicados, y a otros animales les resulta fácil cazarlos para comérselos, tienen que estar preparados en todo momento. Eso no les deja mucho tiempo para largos ratos de sueño reparador; en lugar de eso, los conejillos de Indias como Gulliver duermen en bloques de quince minutos. Virgil nunca sabía bien cuándo Gulliver estaba dormido, porque siempre tenía los ojos abiertos y pasaba mucho tiempo dentro de su casita plástica.

Eso no quiere decir que Gulliver fuera silencioso. Aunque se apegaba a sus hábitos instintivos, se sentía lo suficientemente cómodo para lanzarse a la aventura en su jaula y hacer algo de ruido. Le gustaba sacudir su botella de agua, por ejemplo, como maraca. Eso fue lo que despertó a Virgil ese sábado a las siete en punto de la mañana.

*Chaca-chaca, chaca-chaca.*

—Ay, Gulliver —se quejó Virgil. Se cubrió la cabeza con las cobijas, pero de nada sirvió: ya estaba completamente despierto.

Tal vez era lo mejor. Ahora podría disfrutar del desayuno en calma, empacar a Gulliver, y tener todo el tiempo del mundo para encontrar las cinco piedras. Se preguntó qué estaría planeando Kaori hacer con ellas. Quizá quería arrojárselas a la cabeza para que dejara de hacer cosas como esconderse detrás de la puerta de un congelador en el supermercado.

Se levantó, se desperezó, y abrió la puerta de su habitación. Escuchó atentamente, y no oyó más que silencio. Qué bien.

Caminó por el corredor de puntillas, tratando de no hacer ruido para no despertar a su familia. Pero no lo hacía por los demás, sino por sí mismo. Sus padres y sus hermanos lo abrumaban a cualquier hora del día, pero especialmente en las mañanas.

Toda la casa estaba en silencio.

Era una maravilla.

Virgil estaba tan encantado con esa victoria de la quietud sobre el alboroto que ni siquiera miró hacia la mesa de la cocina cuando entró y abrió el refrigerador. Se encontraba demasiado ocupado disfrutando el hecho de poder oír sus pensamientos. Nadie hablaba a gritos ni reía a carcajadas. Nadie lo llamaba Galápago.

Buscó leche. La mañana iba a empezar gloriosa-
mente. Se sentaría en calma a comer su cereal y a
considerar el día que tenía por delante. Pensaría en
cómo encontrar las cinco piedras, todas de tamaño
diferente, en el bosque que había cerca de la casa de
Kaori. Se suponía que él no debía explorar ese bosque
solo, pero sabía que era el mejor lugar para encontrar
las piedras adecuadas. Claro, hubiera podido robarse
unas del jardín trasero, pero por alguna razón eso no
le parecía bien. Era como si no contara. No estaba seguro de que Kaori fuera a aceptar piedras de jardín.

—Estás vaciando demasiada leche.

Virgil se sobresaltó. Un poco de leche no atinó a
caer en el tazón y fue a dar sobre el mostrador.

Era Lola, quien leía una revista sentada a la mesa
de la cocina.

—Me asustaste —dijo Virgil.

—Siempre debes ver qué hay en una habitación
cuando entras en ella —respondió Lola—. Mira a tu
alrededor. Nunca dejes que te pillen por sorpresa.

—Estaba ocupado pensando —Virgil limpió lo que
había derramado, guardó la leche en el refrigerador,
y llevó su tazón a la mesa. Lola tenía razón: había
vertido demasiada leche. El tazón estaba a punto de
desbordarse.

Lola cerró su revista y entrecerró los ojos para mirar a su nieto.

—Has estado pensando mucho últimamente. ¿Qué sucede en esa cabecita tuya? Y no me vengas con el cuento ése de las habas.

Virgil hizo una pausa. No iba a contarle sobre Valencia. No estaba preparado para hacerlo. Ésa era una cosa sobre la cual no quería oír consejos de Lola.

Pero no le haría daño saber lo que ella pensaba con respecto a otras cosas.

Se llevó una enorme cucharada de cereal a la boca y dijo:

—¿Crees en el destino?

Lola se recostó.

—Pues claro —dijo—. Por supuesto que sí.

—Entonces, ¿crees que las cosas suceden por algo?

—*Ay sus*, no hables con la boca llena. Y sí, sí creo que las cosas buenas suceden por algo, y las malas también.

Virgil tragó su bocado.

—¿Por qué siempre sacas a relucir las cosas malas?

—Si no tuviéramos cosas malas, no tendríamos las buenas tampoco. No habría más que simples cosas. ¿Habías pensado en eso alguna vez?

—No —contestó y fijó la vista en su cereal—. Creo que no.

—También creo en las señales, Virgilio —levantó una ceja, como si guardara un secreto muy íntimo.

—¿Qué clase de señales?

Lola se inclinó hacia él.

—Anoche soñé con un niño llamado Amado. Iba caminando por una pradera cuando vio un árbol rojo brillante. Le atrajo tanto ese árbol que decidió verlo de cerca, aunque todo el mundo le dijo que no. "No, no", le decían. "No vayas, Amado. Ese árbol es malo. Muy malo." Pero él no hizo caso. Nunca había visto un árbol como ése, así que siguió adelante —la abuela presionó sus dedos contra la mesa, como si Amado estuviera precisamente ahí—. Allá fue, sin escuchar consejo, ¿y sabes qué pasó?

Virgil se llevó una cuchara cargada de leche a los labios y sorbió de ella.

—¿El árbol se lo comió?

—Sí. Exactamente —ella se inclinó hacia atrás en su silla—. Y entonces, ¿sabes cuál es la señal, Virgilio?

—¿Que uno no debe acercarse a los árboles a los que le dicen que no vaya?

—No. Cuídate del color rojo.

—¿Que me cuide del rojo?

—Por el día de hoy —señaló a Virgil—. Ése es mi consejo para el día de hoy. ¿Lo recordarás, Virgilio?

—Sí, Lola —dijo él, antes de tomarse otra cucharada—. No lo olvidaré.

# 12
## Valencia

Hay una luz especial en el pasillo de entrada, que titila cuando alguien timbra a la puerta. Despierto y la miro a través de la puerta entreabierta, se enciende y se apaga. No sé qué tipo de sádico timbra en las casas un sábado a las siete y media de la mañana, pero voy a averiguarlo porque soy la única despierta. Lo sé por la manera en que se siente la casa. Es como si hasta las paredes estuvieran dormidas.

Me acerco por el pasillo, descalza. Ni siquiera me molesto en colocarme los audífonos. Un hombre de bigote canoso y una niña de ojos marrones y pecas están frente a la puerta. Tienen folletos y volantes bajo el brazo. Me doy cuenta de que no están extraviados. Se ve que están justo donde quieren estar, lo cual es raro porque no los había visto antes. El hombre me saluda y se presenta primero y a la niña después, pero su espeso bigote me impide entenderle. Su nombre es Greg, o Craig, y ella tiene un nombre indescifrable que comienza con E, tal vez. Un nombre que no implica mover mucho los labios, como Enid.

Antes de que él y su bigote sigan moviéndose, señalo mi oreja y niego con la cabeza para darle a entender que soy sorda, y me mira como si me acabaran de brotar ramas y hojas de la cabeza. Entonces, muy apurado me entrega un folleto, y él y la niña pecosa retroceden y se despiden con la mano. Él mueve la boca tan exageradamente que alcanzo a ver todos sus dientes cuando responde "Fue un placer", frase que además es muy fácil de leer en los labios porque todo el mundo la dice siempre. Me doy cuenta de que la pronuncia a todo volumen, como si eso le ayudara. Mientras se alejan, la niña voltea y me mira como si yo fuera un animal de zoológico. Siento ganas de mostrarle la lengua, pero me contengo. Ya tendrán su cuota de brusquedad cuando lleguen con la vecina, la señora Franklin, quien detesta las visitas sorpresa. Además, tiene tres gatos que son los animales más malévolos que uno haya visto. Tengo la sensación de que incluso llegarían a arrancarle el bigote a este señor si la señora Franklin se los ordenara.

Cierro la puerta y miro el folleto, parece de una iglesia. Por fuera dice, en letras muy grandes: "Sólo aquellos que prestan atención llegarán a oír la palabra". Me parece gracioso, dadas las circunstancias. Pero es una lástima que Greg, o Craig, no se quedara a hablar conmigo, porque creo que no habrá muchos dispuestos a prestar atención, sobre todo porque van por la calle llamando a las puertas a las siete y treinta de la mañana de un sábado. Pero yo sí le hubiera prestado atención.

Si se hubieran quedado, les habría hecho preguntas sobre su iglesia y qué tipo de cosas hacen en ella, y les habría preguntado si creían que Dios es niño o niña, o si es un viejo de barba blanca, y les habría preguntado si conocían a San René, y si no, les habría contado sobre él. Hasta les habría preparado café, porque sé hacerlo. Y les habría preguntado a qué hora era el servicio religioso, y si bautizaban a las personas y cómo lo hacían.

En lugar de eso, estoy embobada mirando el folleto, como una tonta. Lo arrojo en el cesto de basura de la cocina porque sé que a ninguno de mis padres les importará.

Papá avanza por el corredor, rascándose la nuca como hace siempre al levantarse.

—¿Quién llamaba a la puerta, bomboncito? —sé que eso dijo porque dadas las circunstancias es la pregunta más lógica, y porque siempre me llama "bomboncito". Tal vez debería odiar ese apodo, porque es un poco infantil, pero espero que me siga llamando así cuando sea vieja en verdad, llegando a los treinta.

—Venían de una iglesia —contesto. Saco el folleto de la basura y se lo muestro. Él pone los ojos en blanco.

—¿Qué planes tienes para hoy? —pregunta. Y luego bosteza y va hacia la despensa. Va a servirse un tazón de cereal. Eso es lo que hace todas las mañanas. A veces también come cereal a la hora de la cena. Nadie come más cereal que él. Y le gustan los que son muy dulces, los que dañan los dientes, según mamá. Por alguna razón, a ella le molesta muchísimo que coma tanto cereal. Ella dice que no es comida en verdad.

—Voy a salir a explorar con mi diario de zoología —le digo.

No comento mis planes de vistar a Kaori.

Sucede que mi necesidad de encontrar una cura para las pesadillas supera el miedo a encontrarme con una maniática. He decidido correr algunos riesgos. Mi cita es a la una en punto. Una en punto exactamente. Todo parece indicar que Kaori Tanaka se toma muy serio eso de ser puntual, cosa que me hace pensar que no será una asesina. No creo que, si lo fuera, la puntualidad se encontrara entre sus prioridades.

Por si acaso, no le di mi nombre real. Cuando pregunto, le dije que me llamaba Renée. Pidió mi apellido, pero le dije "Sólo Renée". No pude pensar un apellido, con suficiente rapidez.

Regreso a mi habitación mientras papá sirve leche sobre el cereal. Quizá vuelva a la cama. Todavía es temprano, y no estoy lista para despertar.

Agito mi esfera de la Cueva de los cristales y me meto bajo las cobijas antes de que los murcielaguitos caigan nuevamente al fondo del globo.

Kaori dijo vivir al otro lado del bosque. Son buenas noticias porque no está lejos. De otra forma, no sé qué haría para llegar hasta su casa. También es una suerte porque conozco ese bosque como la palma de mi mano. Sé que hay un claro en el que se reúnen los puercoespines al anochecer. Sé que hay un pozo abandonado, que ya no tiene un balde ni cuerda para obtener agua, lo cual me indica que ese bosque solía ser un campo abierto donde alguien tenía una casa, y eso significa que los árboles son jóvenes, hasta donde un árbol puede serlo. Hay sicomoros, robles y álamos. Sé que hay un grupo de árboles cuyas hojas muestran toda la gama de amarillos durante el otoño. Es uno de mis lugares preferidos, y es allí donde tomo la mayor parte de las notas de mi diario. Incluso lo he atravesado a pie, hasta salir al otro lado, a una zona habitada. Puede ser que haya visto la casa de Kaori antes.

Ella debería poner un letrero en su jardín o algo así, para atraer más clientes.

Cierro los ojos y pienso en ese volante. Me pregunto dónde quedará la iglesia del señor de los bigotes. Ojalá hubiera preguntado.

Bueno, también puedo imaginarme en una iglesia.

Me imagino sentada en una banca (¿la iglesia del señor de los bigotes tendrá bancas largas o asientos individuales?) y que contemplo un altar muy grande, mientras hablo con San René. No me mira como si me hubieran brotado hojas y ramas de la cabeza, porque él entiende. Trato de imaginarlo con aparatos auditivos en ambos oídos, como yo.

"Querido San René", empiezo, "he estado pensando en este asunto de ir sola, y me parece que tal vez no es la mejor idea del mundo. Estaría bien si no tuviera que ir a casa de Kaori Tanaka sola, por si acaso gusta desayunar niñas de once años. Anoche no tuve la pesadilla, lo cual es muy bueno porque así puedo estar alerta. Kaori puede ser una asesina, pero también puede ser que no lo sea. Si lo es, por favor, protégeme. Gracias, amén. No sé si debo decir 'amén' o no, pero suena adecuado. Entonces, amén."

# 13
## Serpientes

Chet despertó el sábado por la mañana pensando en serpientes. John Davies había contado que en el bosque cerca de la escuela había encontrado la piel de una serpiente, y Chet planeaba ir aún más allá. No sólo iba a conseguir una piel de serpiente, sino que atraparía a la serpiente completa.

También sabía cómo iba a hacerlo. Ya había encontrado un palo apropiado. Luego buscaría en los lugares donde suele haber serpientes, como en los matorrales o entre la hierba crecida, para hurgar allí con el palo hasta que oyera una que se moviera. Y seguiría hurgando aquí y allá, tomando cierta distancia, por supuesto, pues no era ningún tonto, hasta que la serpiente sacara la cabeza y le silbara, o cual fuera el sonido que hacen las serpientes. Y apenas se levantara del suelo para atacarlo, él la tomaría por la cola para evitar que lo mordiera y luego, con su otra mano, la sujetaría por debajo de la cabeza, tan rápido como le fuera posible. Él era muy veloz. Más veloz que una serpiente, eso seguro. Y tampoco les tenía miedo.

Hoy sería ese día. Todo parecía indicarlo.

Lo que más le llamaba la atención de las serpientes era la manera en que se tragaban a su presa, de un solo bocado gigantesco. La gente temía a las serpientes, sí, y eso demostraba lo cobardes que eran todos. Pero Chet no era así. En la excursión del año anterior, había sostenido una boa constrictor sin pensárselo dos veces, aunque la señorita Bosch y el señor Frederick, el cuidador del serpentario, le dijeron que era un animal capaz de apretarlo hasta triturarle los huesos.

—¡Qué cobardes son ustedes! —había anunciado Chet a todo el que quisiera oír—. Se asustan por una triste culebra.

David Kistler se había cruzado de brazos:

—A mí no me parece que sea una simple culebra.

—Imaginaba que te iba a dar miedo, si ni siquiera puedes correr diez pasos sin desmayarte —le había contestado Chet.

David era un niño bajito con asma, que siempre llevaba un inhalador.

Chet había inflado el pecho y dicho:

—Además, no me hará nada. Sabe quién es el que manda.

Los brazos habían empezado a dolerle por el esfuerzo de sostener el gran peso. No se había quejado, pero sintió alivio cuando el señor Frederick tomó la boa para devolverla a su tanque. Fue en ese momento en que la tal Valencia levantó la mano. Chet había pensado que esa niña era muy atrevida a la hora de hacer preguntas.

Cuando el señor Frederick se lo indicó, ella preguntó:

—¿Las serpientes pueden oír?

El grupo entero había soltado una risita, incluido Chet.

David les había lanzado una mirada de enojo y ordenado silencio. Todos habían callado. Chet también, pero porque el señor Frederick pretendía hablar de nuevo.

Ese muchachito, que no era más alto que un niño de primer grado y que se la pasaba todo el tiempo pegado a su inhalador, era un atrevido por callar a todo el mundo, había pensado Chet.

El señor Frederick había hecho un movimiento con su mano para indicar "más o menos".

—Es una excelente pregunta. Las serpientes no tienen orejas, pero pueden *oír* a través de las vibraciones de su piel. Esas vibraciones viajan al oído interno, y así es como la serpiente puede detectar los sonidos. Pero no son el mismo tipo de sonidos que nosotros percibimos. Los científicos no saben bien cómo suena eso que ellas oyen.

*Ésta se cree que puede preguntar sobre orejas cuando las suyas ni siquiera funcionan*, había pensado Chet. Y encima, probablemente usaba esos enormes audífonos para llamar más la atención. Ni siquiera se dignaba ocultarlos un poco, y eso demostraba que él estaba en lo cierto. Además, se pasaba las tardes de los jueves en el salón de cursos especiales, que eran mucho más fáciles que las clases regulares. Los demás días, los profesores usaban un micrófono especial que de alguna manera funcionaba con sus audífonos. Eso sí que era trato especial. Y los profesores jamás le preguntaban ni le pedían que pasara al frente a resolver problemas, a menos que ella levantara la mano. Y mientras tanto, se desquitaban con Chet. "Ven a sentarte aquí, al frente." "Deja de hacer eso." "No molestes a ese niño." "¿Dónde están tus deberes?" Esta Valencia no era más que una artista del engaño.

Chet la había observado mientras ella miraba a la boa. Quizás usaba sus audífonos para poder oír cosas de otros mundos, o era una bruja, o hacía vudú en casa o algo así. Tal vez hablaba con los animales a través de su mente. Había algo extraño en todo el asunto.

Cuando el grupo se había formado en fila para salir, Valencia se quedó atrás, estudiando a la serpiente, y nadie le había dicho que ya era hora de irse. Ni siquiera el señor Frederick. Era como si ella fuera invisible. Esa niña siempre se salía con la suya.

# 14
## El Universo sabe

**K**aori mantenía la Cámara de los espíritus libre de cosas insignificantes y mundanas, como los muebles. Sus padres la obligaban a tener una cama, pero ella los había convencido de deshacerse de la cómoda y mandarla al desván. Su armario estaba casi desbordado, pero valía la pena. El espacio extra le permitía pararse a examinar el mapa estelar desde varios puntos, que es precisamente lo que hacía ese sábado a las ocho de la mañana, tras sacar a su hermana de la cama. Había asuntos importantes que atender, ¿cómo unir a un piscis y una escorpión sin interferir con lo que estaba escrito en las estrellas? Era una tarea muy delicada porque una cosa era aprovechar las preexistentes fuerzas magnéticas del destino, pero otra muy diferente era manipular el Universo para hacer lo que a uno se le antojara.

Necesitaba un plan.

—Las estrellas están alineadas a su favor —dijo Kaori. Estaba parada frente al mapa, con los hombros bien erguidos, los pies separados y las manos en las caderas.

—¿Cómo lo sabes? —preguntó Gen. Estaba en idéntica postura, sólo que tenía los pantalones de la pijama al revés (lo de adentro hacia afuera), y su cuerda de saltar de color rosa anudada a la cintura—. Me parece que ahí sólo hay un montón de puntos y líneas.

Kaori suspiró:

—Te lo he dicho un millón de veces: los puntos son estrellas, y las líneas muestran las constelaciones. Y no son *líneas*, para empezar. Son imágenes. ¿Ves? Éste es Orión y esas tres estrellas son su cinturón. Está cazando. ¿No lo ves?

Gen ladeó su cabeza hacia la derecha, y luego hacia la izquierda.

—A mí me parecen líneas.

—Y ésta es Andrómeda, y éste, Pegaso, ¿ves? —Kaori señaló puntos en el mapa.

—Sí, me doy cuenta porque tienen los nombres escritos al lado. Pero sigo viendo sólo líneas.

Kaori suspiró de nuevo:

—Perdónenla —se disculpó ante los espíritus.

—¿Y cómo se supone que esto nos ayudará a saber qué hacer?

—Las estrellas lo dicen todo. Es el destino, Gen. El destino está escrito en las estrellas. Las casualidades no existen.

Gen miró el mapa entrecerrando los ojos:

—¿Mi destino está ahí?

—Claro. Tu destino es ayudarme a averiguar qué hacer.

—Pensé que Virgil nos iba a traer cinco guijarros y que diríamos abracadabra y haríamos magia o algo así.

—Dije piedras, no guijarros.

—Es lo mismo.

—No exactamente.

—¿Cuál es la diferencia, entonces?

Kaori se rascó la cabeza.

—Es diferente, y ya. ¿Por qué no me dejas pensar, mejor? No tienes la menor idea de lo que tenemos por delante, al tratar de acercar a estos dos signos.

—Tal vez no están destinados a ser amigos. Que tengan las mismas iniciales no significa nada. Yo tengo las mismas iniciales que Gertrude Tomlinson, y ella no me agrada. Rompió tres de mis lápices rosas de brillos y ni siquiera se disculpó. Incluso les mordió los borradores, ¡qué asco!

—Están destinados a ser amigos. Es el destino. Lo sé —dijo Kaori—. De alguna manera el Universo decide esas cosas.

—¿Cómo lo hace?

—Por ejemplo, al ponerlos en el mismo momento y lugar, o usando una fuerza especial, como yo, para ayudarles a acercarse uno al otro.

—Estuvieron en el mismo momento y lugar durante todo un año, y ni siquiera llegaron a hablarse.

—Eso fue culpa de Virgil, no del Universo. Ya has visto cómo es de tímido. Anda con un roedor en la mochila, Gen. ¡Un roedor!

—No es un roedor. Es un conejillo de Indias.

—Los conejillos de Indias son roedores. Igual que las ratas, las ardillas o los ratones.

—A mí me parece que Gulliver es lindo.

—Lo que te decía es que no puede ser fácil para Virgil. Primero que todo, es piscis —Kaori dejó el mapa estelar y caminó hasta el borde de su tapete circular. Gen la siguió, pisándole los talones—. Mira el signo de piscis. Son dos peces nadando en direcciones opuestas. ¿Sabes por qué?

Gen negó con la cabeza.

—Porque los piscis siempre están en una pelea interna consigo mismos. Nunca saben bien qué hacer. No tienen confianza en sí mismos. Son excesivamente sensibles.

Gen se acurrucó para poder ver mejor los dos peces.

—Y ahora mira escorpión —dijo Kaori.

Los negros ojos de Gen se movieron hacia el siguiente signo en el tapete.

—Uy, es un bicho.

—¡No! —reviró Kaori, como si Gen acabara de arrojarles una maldición a sus padres—. Bueno, sí, es un bicho, pero no cualquier bicho. Es un escorpión, Gen. ¡Un escorpión! ¿Sabes lo que eso significa?

—¿Que ella tiene cola?

Kaori se disculpó nuevamente con los espíritus y luego añadió:

—No. Quiere decir que ella es aguda e independiente. Que es firme y segura de sí. Probablemente tiene su genio, sí, y un montón de amigos que compiten por llamar su atención, mientras que el pobre Virgil le habla a un roedor. En pocas palabras, son exactamente opuestos. Apuesto a que no tienen nada en común. ¡Nada!

Gen sopesó lo que Kaori acababa de decir. La miró.

—Tal vez a ella también le gusten los roedores.

Su hermana suspiró una tercera vez.

—No digas cosas absurdas —contestó.

# 15
## Valencia

Las ardillas son mis animales preferidos. Decido concentrarme en ellas hoy mientras atravieso el bosque. Voy a estudiar a las ardillas y a alimentar a Divino, mi mascota.

En realidad, ese perro no es mi mascota. Pero bien podría serlo. Lo cuido más que cualquier otra persona, de eso estoy segura. Podría ser mi mascota si mis papás no fueran tan antiperros. Insisten en que no lo son, pero se rehúsan a permitir que lleve a Divino a casa porque dicen que las mascotas implican una enorme responsabilidad y que no quieren ser ellos quienes tengan que ocuparse de él. Les respondo que justamente el punto es que sería mi mascota, y eso significa que yo me ocuparía de él, pero no me escuchan. Deben creer que no soy lo suficientemente responsable para cuidar a un perro, ¿y cómo van a descubrirlo si nunca tendremos uno? Me parece que en realidad no quieren un perro en casa. Y si así fuera, deberían decirlo de frente en vez de culpar a mi supuesta falta de responsabilidad. A veces no los entiendo, en verdad que no.

Entonces, como mis padres creen que yo no sé cómo alimentar a un perro, o sacarlo a pasear, Divino no tiene más remedio que quedarse en el bosque y valerse por sí mismo. Yo trato de cuidarlo. Le llevo un plato de comida cada vez que puedo salir a explorar el bosque y a observar animales, y él siempre aparece. Es el animal más dulce del mundo. Uno no lo sospecharía al verlo, al menos no al principio. Es un perro grande y parece malo porque está medio sarnoso. Pero es que vive como puede en el bosque, así que no se pasa las veinticuatro horas del día batiendo la cola. Y todo lo que yo tuve que hacer fue mirarlo a la cara para saber que era un buen perro. Ya dije que la maldad se muestra en el rostro de la gente, ¿cierto? Pues pasa lo mismo con los perros. Igual que con todos los animales que tienen ojos. La mayoría de las veces.

Divino es todo negro. Por alguna razón la gente teme más a los perros negros que a los de cualquier otro color. Ahora que lo pienso, sucede lo mismo con los gatos. No sé por qué. No es que los gatos y los perros puedan controlar el color de su pelaje, así que ¿qué diferencia hay entre nacer con pelaje negro o dorado? Es pelo, nada más. La gente a veces puede ser muy rara, lo juro.

Decido salir hacia el bosque alrededor de las diez y media. Eso me dará tiempo suficiente para registrar la actividad de las ardillas en mi diario, darle de comer a Divino y encaminarme a la casa de Kaori sin prisas. Pero primero necesito sacar un tazón de la cocina. De vez en cuando, mis papás tienen a la mano tazones o cuencos de poliestireno o de plástico, pero la mayoría de las veces no, así que a escondidas tengo que tomar uno de la cocina. Siempre escojo uno que mis papás no usen para que no se den cuenta, pero últimamente mamá ha estado organizando las alacenas y creo que sospecha algo. Puedo ver los engranajes de su mente formular la pregunta *¿Qué pasó con mis tazones?* Lo que sucede es esto: cada vez que llevo comida al bosque, tengo el plan de regresar el tazón, lavarlo, y meterlo de nuevo en la alacena. Uno nunca sabe, ¿cierto? Pero de vez en cuando (bueno, la mayoría de las veces), Divino mueve el tazón a un lugar desconocido, y jamás vuelvo a verlo. Sé que necesito un plan mejor, pero siempre olvido pensarlo y sólo recuerdo que debo prepararlo hasta que estoy a punto de salir a darle de comer a Divino, como en este preciso momento, por ejemplo.

Tomo una nota mental: *idear una manera distinta de llevar comida.*

Quizá podría construir algo para ponerle el alimento allí, y después clavarlo al tronco de un árbol.

Pero no hay tiempo para eso ahora.

Espero a que mis padres se dispongan a ver el noticiero de los sábados por la mañana, que es tremendamente aburrido y tiene subtítulos pésimos, y tomo un tazón apuradamente. Lo lleno con cereal, cinco rebanadas de salchichón, una de queso, y un puñado de zanahorias pequeñas. Sé que no suena muy apetitoso. Y tampoco es que se vea apetitoso, en absoluto. Pero Divino no es quisquilloso.

Cuando uno tiene hambre, tiene hambre y punto.

Desafortunadamente, no consigo escapar sin más. Mamá tira de mi camisa antes de que alcance a llegar a la puerta.

—¿Adónde vas con eso? —pregunta.

—A desayunar afuera.

Mira el contenido del tazón y levanta una ceja.

—¿Y eso es lo que vas a comer de desayuno?

—Mmmm... sí.

Bien, sé que no sueno muy convincente. Pero si le digo a mamá que me voy al bosque a alimentar a un perro sin dueño, a ella le dará un ataque. Hasta las cosas más tontas le producen ataques.

—Y después iré a explorar —volteo para que mire el bolso que cuelga de mi hombro, que tiene dentro mi diario (también conocido como mi diario de zoología) y mi lápiz preferido.

Ella lo piensa un poco, y yo la miro a ella.

¿Estará en uno de sus días buenos o éste será un dolor de cabeza?

—Ten cuidado —me dice—, y asegúrate de no regresar muy tarde. Tampoco te alejes demasiado.

Mamá es una lista ambulante de deberes: "Haz esto y no hagas lo otro".

—Entendido —contesto.

—Te quiero. Mantén el teléfono encendido.

Siempre hay una especie de nota adicional en sus *te quieros*. "Te quiero. Te espero a las cuatro." "Te quiero. No te olvides de responder mis mensajes." "Te quiero. Ten cuidado."

Me pregunto si también lo hará con papá.

—También te quiero, mamá. Así lo haré —digo y salgo.

Supongo que yo también incluyo notas en mis *te quieros*.

# 16
## Abajo, más y más abajo

De todas las cosas apetitosas del mundo, entre trozos de apio, zanahorias bebe y gajos de naranja, a Gulliver lo que más le gustaba eran los dientes de león. Le tomaba menos de cinco segundos devorar el tallo entero, y después pedía más. Para él, los dientes de león eran una exquisitez. Para los humanos no eran más que una hierba molesta que debía dejar de crecer. Pero crecían, eso sí. En el vecindario de Virgil, aparecían por todas partes. Brotaban de las grietas de las aceras, junto a cercas oxidadas, se colaban en prados cuidados. Virgil solía cortarlos, como un explorador en busca de gemas. Para cuando llegaron al bosque, su bolsillo izquierdo estaba repleto de dientes de león. Hubiera podido llenar el otro bolsillo también, pero lo estaba reservando para las piedras.

No tenía permitido andar solo por el bosque. Los árboles crecían muy cerca unos de otros en ciertas zonas, y en otras eran menos frecuentes. Las flores crecían aquí y allá... algunos lirios en este lado, unos dientes de león más allá. Lola estaba convencida de que el bosque era un hervidero de serpientes, pero él estaba seguro de que encontraría las cinco piedras aquí. Y no piedras cualquiera, sino las mejores que se podían conseguir en la ciudad.

Apenas a dos pasos bajo los árboles, encontró dos. Al internarse más allá, los sonidos de las casas se fueron desvaneciendo, y vio otra piedra. Estaba tan concentrado en mirar al suelo, con los ojos revisándolo todo, que estuvo a punto de no notar un crujido de mal presagio a sus espaldas. Pero cuando oyó pasos sigilosos, se volvió, con el corazón palpitando, y se quedó en pie, muy, muy quieto. Si había algo que él sabía, es que uno debe quedarse inmóvil si se topa con las fieras del bosque. De lo contrario, podía convertirse en su cena.

Nada vio, pero estaba seguro de haber oído algo. Y no era el susurro del viento entre los árboles ni el de una ramita al caer. Alguien, o algo, se movía muy cerca de allí.

—¿Hola? —dijo Virgil en voz baja, aquello se había escuchado más como un quejido.

Le pareció oír algo. ¿Un gruñido? ¿Un resoplido? De pronto se le metió en la cabeza que había un rinoceronte detrás de los árboles, pateando la tierra y bajando la cabeza, inclinando su cuerno para embestir. Imaginó cómo lo levantaba en el aire, y después caía sobre la piel gris de la gigantesca criatura antes de que lo revolcara. Uno de los cuentos de fantasmas de Lola le cruzó por la cabeza también. Narraba que una vez un hombre les había contado todos sus secretos a los árboles y que, luego de que murió, los árboles le susurraban los secretos a todo aquel que pasaba. Tal vez no se trataba de un rinoceronte, sino de un montón de árboles viejos que estaban ahí para contar los secretos de los muertos.

Virgil miró la hora en su teléfono. Eran las diez y cuarto. Tal vez debería recoger las primeras piedras que viera para completar las cinco y correr a casa de Kaori. Tal vez a ella no le importaría que llegara antes de tiempo.

Pero entonces el sonido de pisadas se alejó hasta desaparecer, y el bosque quedó de nuevo en silencio. Miró a sus pies y vio una cuarta piedra, que metió en su bolsillo. Se preguntó si habría recogido las mejores. Lo pensó tan profundamente que no oyó el otro ruido de pisadas, que esta vez se acercaban a sus espaldas.

—Hola, Retrasado.

Virgil volteó, sobresaltado.

La carnosa cara de Chet Bullens se veía un poco roja, como si estuviera a punto de explotar. —¿Qué estás haciendo aquí solo? ¿Se te perdió tu mamá?

A Virgil se le ocurrió que el Bulldog también andaba solo por ahí, pero no quiso señalarlo. En lugar de eso, guardó silencio. Se quedó allí, con un bolsillo lleno de piedras y el otro, de dientes de león, sintiéndose muy tonto, como si alguien lo hubiera sacado de un cuento y lo hubiera dejado en otro, en este bosque desconocido y en esa situación desconocida, a solas con el Bulldog, que llevaba una funda de almohada. Virgil se preguntó para qué la querría, en cuestión de tres segundos se le ocurrieron varios escenarios aterradores: el Bulldog pretendía asfixiarlo con ella. O la iba a usar para cargar cadáveres de animales muertos. O iba a capturar animales, a asfixiarlos y luego a llevar en ella sus cadáveres.

Y Chet no sólo tenía una funda, además tenía puesta una camiseta de los Toros, el equipo de baloncesto de Chicago. Y era roja.

*Cuidado con el rojo.*

De súbito, el rinoceronte ya no parecía tan mala opción.

—¿Qué pasa? —preguntó el Bulldog—. Ah, ya, se me olvidaba. No sabes hablar. Eres un Retrasado. He visto que vas al curso de los retrasados todo el tiempo. ¿Y qué es lo que sucede allá? Apuesto a que no son más que un montón de niños que todavía mojan sus pantalones.

Además de sentir miedo de la oscuridad, de llevar un conejillo de Indias en su mochila, y de tener los bolsillos llenos de piedras y dientes de león, Virgil guardaba otro secreto: pesaba apenas treinta y cinco kilos y, aunque pretendía medir un metro con cincuenta, lo cierto es que le faltaban un par de centímetros para llegar ahí.

No sabía qué estatura tenía el Bulldog ni cuánto pesaba, pero seguro que era más de treinta cinco kilos.

—Eres un perfecto tonto, ¿no? —dijo el Bulldog. Su mirada fue a caer en la mochila de Virgil.

Dio un paso hacia él, y Virgil retrocedió, cosa que al Bulldog le pareció divertidísima y soltó una carcajada para luego arrancarle la mochila con tal fuerza que hizo girar a Virgil, girar, así como se oye, y caer al suelo con un golpe aturdidor que lo sacudió de las palmas de las manos a los hombros. El Bulldog echó a correr como una bala. Virgil se levantó y corrió tras él, gritando "¡No! ¡No! ¡No!" a todo lo que le daban los pulmones.

—¡Gulliver! ¡Gulliver! —chilló. O tal vez sólo lo oyó en su mente. No estaba seguro.

El Bulldog corrió como flecha por entre los árboles, ya sin reír, con la mochila en la mano. Un millón de imágenes horrorosas cruzaron por la mente de Virgil… el Bulldog desgarrando a Gulliver en dos, o dándoselo a comer a unos leones en un foso, sacándolo de la mochila para arrojarlo por encima de las puntas de los árboles… y por eso no se sintió tranquilo cuando el Bulldog finalmente se detuvo y dio media vuelta, con las mejillas enrojecidas y el cuello y la frente aperlados de sudor.

Virgil pensó que iba a abrir la mochila, que allí descubriría a Gulliver y lo sacaría para asesinarlo. Pero en lugar de eso dio un paso atrás, sonrió malévolo, y se volvió hacia un círculo de piedras no muy alto que Virgil no había visto antes.

Era un viejo pozo.

Con un par de tirones fuertes, el Bulldog movió la cubierta del pozo hasta hacerla a un lado, y sostuvo la mochila sobre la boca abierta del pozo.

—Despídete de tus cosas, Retrasado —dijo.

Y la soltó. La mochila cayó por la oscura boca de un pozo tan profundo que Virgil no la oyó llegar al fondo.

—Me imagino que tendrás que comprar nuevos libros —dijo el Bulldog, con una sonrisa aún más amplia—. Tampoco es que los necesites porque seguro que ni sabes leer.

Se limpió las manos en las perneras de sus jeans como si acabara de terminar una sucia tarea, cosa que en realidad era cierta. Y entonces dio media vuelta y se alejó, desapareció entre los árboles y dejó a Virgil solo.

# 17
## Bajo el suelo

En las Filipinas existen más de siete mil islas. En algunas ni siquiera hay habitantes. Y hay otras que estuvieron habitadas en algún momento, pero ya no. Como Balatama. Lola le había contado a Virgil sobre ella.

Según Lola, Balatama, en el sur, había sido una isla muy poblada. Y había en ella tal abundancia que la gente iba ocupando tierras y tomando cada vez más terreno de las criaturas del monte. Un día, los habitantes talaron un grupo de árboles que le pertenecían a un ave majestuosa llamada Pah.

Al abrirse, las alas de Pah alcanzaban el largo de un elefante, y sus garras eran tan afiladas como cuchillos. Cuando derribaron sus árboles, Pah se enojó tanto que se hizo más y más grande. Al desplegar sus alas vio que eran tan grandes y oscuras que bloqueaban la luz del sol. Eso agradó enormemente al gran pájaro, porque la oscuridad cegaba a los habitantes de la aldea. Se perderían y andarían en círculos y él podría precipitarse sobre ellos, atraparlos y devorarlos.

Pah controlaba la oscuridad y la utilizaba como un arma. Sabía que con ella la gente se debilitaba porque los confundía y los hacía perder su camino. Además creaba víctimas fáciles porque nadie puede atacar a un enemigo que no puede ver. Las garras de Pah partían a los aldeanos en dos antes de que se dieran cuenta de que estaban en problemas.

Virgil tenía ocho años la primera vez que oyó la historia de Pah. Ahora, inclinado sobre el borde del pozo, no descartaba la posibilidad de que las garras de Pah asomaran por esa negra boca. Aunque era un día soleado por encima de la tierra, el agujero profundo que ahora acogía a Gulliver era un lugar oscuro, muy oscuro. Y la oscuridad seguía siendo oscuridad, ya fuera que viniera del cielo o de otro lugar.

Sintió que el corazón le latía hasta en las orejas. Un nudo se le formó en el pecho, y fue subiendo y subiendo hasta llegar detrás de sus ojos, que se inundaron de lágrimas.

—¿Gulliver? —dijo.

La intensa negrura se abría ante él como el gaznate de una bestia hambrienta. Olía a moho y a humedad y a muerte. Pero allá abajo estaba Gulliver. No podía dejarlo abandonado, ni un instante.

Sin embargo, algo de esperanza había.

Una escalera.

No tenía más opción.

Sacó las piedras que llevaba en el bolsillo y las alineó con cuidado en el borde del pozo.

Y luego empezó el trayecto de bajada.

El descenso no era fácil. El pie de Virgil vacilaba al tantear cada escalón, pero al final acababa por posarse tembloroso. Con cada paso se sujetaba con más y más fuerza a la escalera, hasta que los nudillos le dolieron. Bajar, bajar, bajar. ¿Acaso el fondo del pozo estaría lleno de agua? ¿Estaría Gulliver ahogándose o luchando por respirar? Tan profundo y oscuro era el pozo que Virgil no podía ver, ni siquiera cuando apenas había descendido seis escalones y por un instante pensó que tal vez estaba bajando para nada, que tal vez el Bulldog no había arrojado a Gulliver dentro, y que él había imaginado todo el asunto.

Y entonces, luego de una eternidad, la vio. No estaba flotando en el agua sino ladeada sobre el fondo del pozo, con la cremallera abierta unos centímetros para que Gulliver pudiera respirar. La oscuridad había invadido los pulmones de Virgil y lo ahogaba, y no podría tomar aire mientras no supiera que Gulliver estaba respirando. Escuchó atento para detectar alguno de sus ruiditos... un mordisqueo, un gorjeo, *lo que fuera*... pero nada oyó salvo el latido de su corazón.

Todavía estaba a cierta distancia del fondo cuando bajó el pie y descubrió que ya no había más escalones. Se aferró de las barras oxidadas y torció el cuello para mirar hacia abajo muy lentamente, para no perder el equilibrio, y se dio cuenta de que había llegado al final de la escalera, pero que necesitaba otro par de escalones. Un par, por lo menos. La mochila estaba fuera de su alcance, por mucho, y sus piernas no eran lo suficientemente largas para llegar al suelo.

Virgil distinguía la mochila. No sabía si había movimiento en su interior, pero a estas alturas no podía sencillamente volver a subir y darse por vencido, dejando a Gulliver atrás. La idea de abandonarlo era mucho peor que saber que tendría que saltar.

Se aferró muy de cerca a la escalera, prácticamente abrazándola y sintiendo el hierro en el pecho, como si de sólo pensar en saltar ya estuviera a un paso de la muerte. Y oyó su propia respiración. Rompía el silencio en intervalos rápidos, como un hipo. De pronto empezó a sudar. Como si un grifo se hubiera abierto en su interior sintió que todo se humedecía: el interior de los codos, las palmas de las manos, el espacio entre cada uno de sus dedos bien formados, la nuca, cada folículo que bordeaba su frente, sus pies talla 21, el espacio entre sus omoplatos. Todo.

Así se preparaba el cuerpo para saltar, pensó, y no era muy útil.

Bajó el pie derecho y apoyó la punta del zapato contra el pozo. Luego, puso la mano derecha en la siguiente barra de hierro. Se quedó así unos momentos, sin saber bien qué hacer, viéndose como las dos mitades de un muchacho: la una bajando y la otra subiendo. No movió la mano izquierda hasta que le empezaron a doler las piernas, y no bajó el otro pie hasta que no le quedó más remedio que hacerlo. Cuando lo hizo, quedó colgando del antepenúltimo escalón como si fueran barras de gimnasia, de ésas que nunca en su vida había usado.

Siguió al escalón inferior y tanteó con la punta del pie, a ver si lograba sentir el suelo.

Nada.

Bajó más. Y más.

Ahora colgaba de la escalera y no le quedaba más camino que seguir bajando. Tenía que soltarse, pero no conseguía hacerlo. Por su cabeza cruzaba todo tipo de imágenes. Se vio acunando un brazo fracturado y aullando de dolor. Vio tobillos rotos y huesos asomándose a través de heridas. Un golpe en la cabeza que lo dejaba inmovilizado hasta evaporarse convertido en mero esqueleto. Una herida sangrante justo encima de las cejas, al momento de impactar contra las paredes del pozo.

Todos parecían escenarios posibles, con esa distancia hasta el fondo.

Y allí estaba también Gulliver.

—Gulliver —dijo Virgil. Esperaba que se oyera un eco, pero no.

Miró hacia arriba. La boca del pozo era un círculo perfecto por encima de su cabeza. Allá había luz del día. Y aire. Había árboles y pájaros y Lola. El pozo olía a calcetín viejo. El mundo olía a árboles y hierba. Miró hacia arriba, hacia la luz. Miró abajo, a Gulliver.

Y se soltó.

Hay muchas cosas terribles que pueden sucederle a un niño que salta dentro de un pozo. Puede abrirse la cabeza, partirse un brazo, torcerse un tobillo, que un hueso roto asome por una herida, todo eso. O que se le caiga el teléfono del bolsillo y se rompa en mil pedazos.

El teléfono de Virgil y sus pies llegaron al suelo con una diferencia de medio segundo. Tan pronto como él sintió el suelo bajo las suelas de sus zapatos y el cosquilleo doloroso del impacto, se dio cuenta de dos cosas: que él había aterrizado bien, y que su teléfono, no. Pero lo primero que hizo fue tomar su mochila y abrirla.

Metió la mano dentro en busca de Gulliver y oyó un ruidito habitual. El conejillo de Indias sabía lo que quería: un diente de león, así que Virgil le dio uno.

—Estás bien —dijo, aunque Gulliver ya lo sabía.

El corazón de Virgil había sido un redoble constante en sus oídos por un buen rato, pero ahora se había calmado. Dejó la mochila contra el muro y recogió su teléfono.

Se había separado en tres partes: la pantalla, la batería, y todo lo demás. Trató de armarlas de nuevo, porque uno no se rinde a la primera sin dar lucha, como siempre decía Lola.

—Ni todos los caballos, con todos sus hombres, del rey... —recitó Virgil, metiendo la batería en su lugar. Encajaba, pero podía ver que la pantalla no encendería. Mostraba una grieta en la esquina que se abría como una telaraña— consiguieron recomponer al pobre Humpty Dumpty.

Intentó encenderlo, pero nada sucedió. Probó de nuevo. Lo sacudió, lo desarmó y lo volvió a armar, mantuvo su dedo presionando el botón de encendido hasta que le dolió. Nada.

Echó el teléfono al bolsillo, de cualquier forma. Después volteó la cabeza hacia arriba y miró a lo alto. Veía la luz, pero estaba muy lejos, como una nube fuera de su alcance.

Se paró bajo la escalera. Trató de llegar al escalón más bajo pero las puntas de sus dedos no lograban acercarse lo suficiente. Se paró en puntillas, se elevó tanto que dolía, pero seguía sin alcanzar el escalón. Flexionó las rodillas y saltó con todas sus fuerzas, con los brazos extendidos, pero eso tampoco sirvió.

*Si yo fuera Joselito o Julius, no me sería imposible alcanzar la escalera*, pensó. *Si yo fuera uno de los dos, no estaría metido en esta situación para empezar.*

Saltó de nuevo.

Miró a la luz.

—¿Hola? —dijo, vacilando un poco al principio—. ¿Hola? —y luego más fuerte—: ¿Hola?

Sabía que no servía de mucho. Nunca había alguien en el bosque. Y si lo había, probablemente no sería escuchado.

# 18
# Animal

Para este momento, Chet estaba convencido de que Davies había mentido con respecto a la piel de serpiente. No había encontrado ni la menor evidencia de que hubiera culebras en el bosque. Además, tampoco estaba muy seguro de cuál sería el tipo de evidencia que dejarían las serpientes fuera de su piel al mudarla, pero... no había encontrado nada. Hasta había cortado una rama para hurgar mejor. La utilizaba para hacer a un lado pilas de ramitas y montoncitos de hojas, para ver si debajo se escondía una serpiente, con los colmillos listos para atacar. Y no sentía miedo, porque no era un gallina.

Los sonidos en el bosque eran los habituales... El canto ocasional de algún pajarraco, el sonido lejano de un coche bajando por una pendiente en las calles aledañas, el ruido de los pasos de Chet sobre el suelo... Pero durante una búsqueda especialmente minuciosa al pie de un fresno, mientras Chet golpeaba el piso con su rama, oyó algo diferente. Sonaba como alguien que se moviera con cuidado por entre los árboles. Alguien o algo.

Casi esperaba encontrarse cara a cara con un oso pardo, pero entonces se dio cuenta de lo absurda que era esa idea.

Se dijo que él no era ningún gallina, aunque su corazón latía desbocado.

Se enderezó y se dio la vuelta completa para revisar mejor alrededor. Prestó atención. Oyó el ruido de nuevo, pero ahora venía de otra dirección. Roce, movimiento. Él también se movió, demasiado rápido. Tanto que hizo mucho ruido.

—Shhh —se dijo.

Levantó la rama y se preparó para utilizarla como arma.

—¿Quién anda ahí? —preguntó, pero su voz se oyó tan bajita y tímida que no estaba seguro de que alguien más la hubiera podido oír.

Y luego se le ocurrió: probablemente era ese chico tonto con la mochila. El flacucho que nunca hablaba. El muchachito chino o lo que fuera. Tal vez estaba tratando de regresar a su casa y quería evitar que él lo viera. Lo cual tenía mucho sentido, tal como eran las cosas. Porque, había que decirlo de frente, ese niño no se podía comparar con Chet Bullens.

Recuperó la confianza. La sintió fluir por su cuerpo hasta que se relajaron sus hombros y el pecho se le hinchó.

—Hey, torpe —dijo—. ¿Eres tú? ¿Ya vas camino a la librería?

Chet rio como si fuera la cosa más divertida que hubiera dicho en todo el día. A menudo pensaba que podría llegar a convertirse en un buen cómico, con todas sus bromas y dichos tan graciosos.

Esperó. Su mirada fue pasando lentamente de un árbol a otro. La idea de que alguien le tuviera tanto miedo que prefería escapar disimuladamente lo hizo sentir como un guerrero. A veces, antes de acostarse, imaginaba que lo era… como si estuviera en plena Edad Media, y él fuera un poderoso caballero sobre su enorme caballo, recubierto con su armadura y señalando con su espada afilada hacia la gente. "¡Tú, campesino, tráeme agua!", decía en su imaginación. Pero aquí no había campesinos, así que tenía que consolarse con expresiones como "torpe".

—¡Podrás correr, pero no esconderte de mí! —gritó Chet. No sonaba muy original, pero fue lo único que se le ocurrió de buenas a primeras.

Se oyó otro crujido, pero no se vio ningún niño.

Chet volteó hacia el otro lado porque le pareció haber oído algo de nuevo, pero esta vez desde otra dirección. Así que dio un giro completo, y ahí fue cuando la vio.

Valencia Somerset.

Dejó caer la rama y se acercó al árbol. Se dijo que quería espiarla, pero en realidad se estaba ocultando. La manera en que ella lo había mirado en el supermercado lo había hecho sentir nervioso.

Y ahora ella se aparecía en el bosque llevando algo entre las manos. Un tazón.

Ella no lo había visto. Eso era obvio. Estaba ocupada en otra cosa. Se le notaba en los ojos que estaba concentrada observando, como si tuviera que apartar cada hoja. Caminaba despacio, con cuidado, como si no quisiera perturbar el entorno. Y sostenía el tazón con ambas manos.

Saltaba a la vista que buscaba un animal.

O quizá no un animal, sino una criatura.

Chet se ocultó más detrás del árbol para que ella no lo viera.

¿Y si ella hubiera salido a hacer algún tipo de ritual de sacrificio?

Recordaba esa mirada de furia ardiente en sus ojos. Algo fallaba en la cabeza de esa niña y no eran únicamente sus orejas.

Vio a Valencia agacharse y mirar entre los árboles, para luego ponerse en pie y observar un poco más. ¿Qué había en ese tazón?

Tal vez un dedo humano. O una docena de patas de gallina. Quizá cortaba las orejas a los conejos y las ofrecía a una especie de hombre salvaje de los bosques para que se las comiera.

Era malvada, estaba claro. Había algo extraño en una niña incapaz de oír.

A menos que estuviera mintiendo con respecto a eso.

Chet reunió el valor para hacer un ruido que pudiera confundirse con un animal. Chasqueó la lengua. Ululó como un búho. Y fue subiendo el volumen. Valencia no reaccionó. Ululó de nuevo, más alto, pero ella siguió andando, concentrada, llevando su tazón.

Por la mente de Chet cruzaron unas cuantas explicaciones lógicas. Quizás ella se ocupaba de cuidar a los gatos callejeros. Sólo que no había visto ni uno solo por aquí. Sólo se veían ardillas. ¿Y quién iba a traer un tazón al bosque para alimentar a las ardillas? Saltaba a la vista que no pretendía nada bueno.

# 19
## Valencia

Al caminar por el bosque no voy solamente andando entre los árboles. Siento el bosque. Cuando las hojas se agitan en el viento, me hacen cosquillas en la piel. Cuando piso ramitas caídas, los crujidos tiemblan desde mis pies. No veo a Divino, pero sé que anda por ahí y que no está lejos. ¿Dónde está? ¿Hacia la derecha? ¿Hacia la izquierda? Sacudo un poco el tazón y, aunque no puedo oír el cereal moviéndose, lo siento. Sé que eso sacará a Divino de su escondite.

—¡Divino! —lo llamo—. ¡Divino!

Me pregunto si debí haber inventado un nombre en lenguaje de señas para Divino. Los perros pueden aprender lenguaje de señas sin problemas. Es probable que lo aprendan con más rapidez que las personas. Creo que leí eso en alguna parte.

He estado tratando de aprender lenguaje de señas porque leí que hay personas sordas que manejan dos idiomas: su lengua materna y el lenguaje de señas, y yo quiero aprender ambos. Pero es difícil construir oraciones cuando uno no tiene profesor. Intenté aprenderlo en internet, pero no es fácil construir oraciones reales más allá de "¿Cómo estás?" y "¿Cómo te llamas?". Una vez pregunté a mis papás si podía tomar un curso, pero a ellos no les parece necesario porque dicen que ya tengo mis aparatos. Pero los audífonos no funcionan aisladamente. Tengo que poder ver la cara de las personas para así tener acceso a los sonidos y al movimiento de los labios a la vez. Son como dos piezas en un rompecabezas. La gente siempre me dice "Oh, claro" cuando les pido que no olviden mirarme y hablar lentamente, pero a veces lo olvidan. Incluso mis padres. No es que tengan intenciones de hacerlo, pero igual lo hacen.

Soy la única a la que no se le olvida, porque soy la que está cargo de armar el rompecabezas.

Llamo a Divino una vez más, y espero.

Toma un poco de tiempo, pero Divino al final asoma entre los árboles. Le da gusto verme, como siempre. Acelera el paso y se acerca trotando como un caballo. Su cola negra se agita hacia un lado y otro. Cuando dejo el tazón en el suelo, busca mi mano con su hocico antes de disponerse a comer. Tiene la nariz fría.

No le lleva mucho tiempo comerse todo lo que hay en el tazón. Cuando termina, me acurruco y rasco detrás de sus orejas. Mis dedos recorren su pelaje. Es áspero y se siente húmedo, como si hubiera estado revolcándose en la hierba mojada. Quizás eso es lo que ha hecho. ¿Quién sabe qué hará Divino cuando no estoy cerca?

Lo que sé con seguridad es que yo jamás podría ser un perro. Comen de todo, y yo no. Soy bastante quisquillosa para comer. No me gustan los aguacates ni los duraznos ni las habichuelas o los guisantes. Me gusta el maíz, con sal y mucha mantequilla, pero sólo si no se prepara con algo más. Me gustan las hamburguesas, pero sin queso. Me gusta la pizza, pero sólo de queso, sin más. Me gustan las mandarinas, pero no las naranjas. Se parecen, pero son diferentes. Las mandarinas son mucho más dulces. Las naranjas saben… a naranja y nada más.

—Buen chico —digo.

Divino no se levanta y se marcha cuando termina de comer. Mi amistad con él tiene mucho que ver con el hecho de que le agrado, pero ésa no es la única razón. Lo sé porque a menudo se queda conmigo después de comer. Me sigue, como un asistente. Cuando camino, él camina. Cuando me siento, él se sienta también. Y cuando es hora de irme, él siempre lo sabe de alguna forma y se mete entre los árboles para poder seguir revolcándose en la hierba o cualquier otra cosa que haga cuando está solo.

Entonces, Divino y yo caminamos a través del claro y le cuento qué ha sido de mi vida.

—Las clases terminaron y estamos de vacaciones de verano —le digo—. Todos salieron corriendo de la escuela el último día. Debería estar más emocionada, pero no lo estoy. No es que la escuela me fascine. Está bien, apenas, pero cuando estoy en ella tengo algo que hacer. Lo bueno es que ahora podré venir aquí y estar contigo con más frecuencia. Ojalá pudieras venir a casa conmigo, o a cualquier otra casa donde te quisieran, pero por ahora esto será lo más cercano a tener un hogar.

Llegamos a un tronco caído que hay entre dos árboles. Es uno de mis lugares preferidos para sentarme, y eso es precisamente lo que hago. Me siento en el tronco, y Divino se echa a mis pies.

—Unas personas se aparecieron por mi casa con volantes de su iglesia —continúo—, y ahora, más tarde, voy a verme con la adivina Kaori Tanaka.

Una vez que Divino ya está enterado de todo, tomo mi diario zoológico y también el lápiz. He venido a documentar ardillas. Son el tema de hoy. Me gusta imaginar que soy Jane Goodall, sólo que yo estudio ardillas en lugar de chimpancés. Sería genial que hubiera chimpancés en este bosque, pero me parece muy poco probable. En realidad no creo que haya en Estados Unidos, fuera de en los zoológicos, claro.

Tendré que investigarlo. Escribo en mi diario *¿Dónde viven los chimpancés?*, y trazo una estrella al lado. Siempre que dibujo una estrella, significa "investigar después". Tengo todo un sistema para mis cosas. Hay que ser organizados a la hora de estudiar la fauna y la flora. Si no, las notas se convierten en un absoluto desastre.

Detesto admitirlo, pero empecé mi primer diario de zoología por Roberta. Solíamos ser buenas amigas, mucho antes de que me regalara el libro aquél de *Sordos famosos en la historia*. La única razón por la cual ella estuvo en mi fiesta fue porque su mamá la obligó a ir. Era obvio. Lo mismo pasó con la mayoría de las otras chicas. Pero antes éramos las mejores amigas del mundo, con todo y que a veces me hacía perder la paciencia. En esa época, a Roberta le gustaba explorar el bosque. Ya no le gusta… ahora usa máscara para pestañas, brillo de labios y vestidos floreados… pero en aquel entonces, le gustaba imaginar que éramos aventureras.

Lo único a lo que ella temía era a las serpientes. Su papá había comentado un día que había serpientes en el bosque, y desde entonces Roberta estaba aterrorizada. Traté de hacerla sentir mejor aprendiendo todo lo que pude sobre las serpientes. De esa manera, sabríamos lo que hay que hacer para evitar una mordedura. Y esto fue lo que averigüé:

1. Jamás fastidies a una serpiente. No uses palos para puyarla, ni la patees ni algo parecido, a menos que quieras que te muerda.

2. NUNCA JAMÁS DE LOS JAMASES sujetes a una serpiente por su cola.

3. Mantente lejos de la HIERBA ALTA.

4. Si te encuentras con una serpiente, haz como si no la hubieras visto y aléjate en silencio. La mayoría de las personas acaban recibiendo una mordedura cuando tratan de ver a la serpiente de cerca o intentan atraparla.

5. Si una serpiente venenosa te llega a morder, busca a un médico INMEDIATAMENTE.

Compartí toda esa información con Roberta, y se sintió mejor con eso. La vida es mucho más sencilla cuando uno está preparado.

Ojalá yo hubiera estado preparada para cuando Roberta y yo dejamos de ser amigas.

Ya saben cómo es eso de que uno es amigo de alguien, y esa persona empieza a juntarse con alguien más, y de repente uno deja de ser amigo de su amigo, pero luego uno no recuerda cuándo fue que sucedió todo. Bueno, las cosas con Roberta no fueron así. Sé perfectamente cuándo pasó: el 12 de octubre, en cuarto año. Roberta y las demás niñas estaban jugando corre que te alcanzo. Yo estaba haciendo un gran esfuerzo para jugar a la par que ellas. Cuando terminamos, ella vino hacia mí y me dijo:

—No queremos que vuelvas a jugar con nosotras.

—¿Por qué? —pregunté, a pesar de que sabía la respuesta.

—Tus reglas para hablar son muy complicadas —dijo ella—. Y eres demasiado lenta.

Esas reglas eran las tres maneras en que había que hablar para que yo pudiera entender: mirarme, no cubrirse la boca, hablar con claridad.

Cuando dijo que yo era demasiado lenta, también supe lo que significaba.

Cuando corríamos, yo nunca podía saber exactamente el momento en que Megan Lewis gritaba "En sus marcas, listos, fuera". Me daba cuenta de cuando se preparaba para decirlo, pero nunca estaba del todo segura de cuándo lo decía. Si jugábamos a las sillas, no podía saber cuándo se detenía la música. Si el juego era al escondite, yo no sabía en qué momento salían a buscar a los escondidos. Siempre terminaba por darme cuenta, pero en la mayoría de los casos sucedía un par de momentos después que todos los demás. Eso demoraba el juego, yo lo sabía. Supongo que yo ignoraba que los demás también lo sabían. Pensaba que los había engañado. Pero Roberta me hizo ver la verdad.

—Tal vez encuentres nuevas amigas —dijo.

Como si fuera cosa de chasquear los dedos y hacerlas aparecer.

Esa noche lloré sobre el regazo de mamá. Así de enfurecida estaba. Y mamá dijo que si fueran mis amigas en verdad, habrían buscado un juego que todas pudiéramos jugar. No soporto cuando dice cosas así. Me hace pensar que no entiende nada. Es preferible tener amigos malos que no tener ni uno. Además, había creído que ellas eran mis amigas en verdad. Ésa era la razón por la cual lloraba.

Pero ahora estoy por mi cuenta, y todo va perfectamente.

Sé que le recé a San René para que me enviara un amigo que me protegiera en la visita a Kaori Tanaka, sólo por si acaso. Pero ya lo superé. Todo va bien. Aquí estoy, dibujando en mi diario, a la espera de ver ardillas, con un perro leal a mis pies. A él no le importa que yo no lo oiga, y no necesita reglas para hablarme.

¿Qué más puedo pedir?

# 20
## Gritar o no gritar

Virgil no recordaba una sola vez en su vida en que hubiera tenido que gritar. Estaba seguro de que lo había hecho porque ¿quién pasa once años enteros sin gritar al menos una vez? Pero tenía una memoria excelente y no conseguía recordar. Se preguntaba si habría gritado cuando era un bebé. Tendría que preguntarle a su madre. Ella sabría.

"Eres el niño más silencioso en la historia de la familia Salinas", solía decir ella. Y después: "Si alguna vez te llevamos de regreso a nuestro país, tendremos que enseñarte a hablar. De otra forma, nadie te va a notar y bien puede ser que acabes aplastado por un *carabao* o un *yipni*". Eso la hacía reír, aunque ya lo había repetido un millón de veces, así que Virgil no estaba seguro de por qué creía ella que seguía teniendo gracia. La verdad es que a él no le había parecido gracioso ni siquiera al principio. Le aterraba pensar en terminar aplastado por un *carabao* o un *yipni*, aunque no estaba completamente seguro de qué eran esas dos cosas.

Tampoco es que sintiera que nadie lo quería, no. Pero ignoraba por qué a sus padres les preocupaba tanto que saliera de su caparazón. ¿Qué tenía de malo el caparazón? Las tortugas habían sobrevivido durante doscientos millones de años, mucho más que las serpientes o los cocodrilos. Y, además, vivían mucho tiempo. Las típicas tortugas de Estados Unidos sobrepasaban los cien años de edad, y tenían vista y olfato excelentes. Eran animales verdaderamente extraordinarios. ¿Qué hubiera pasado si las hubieran forzado a salir de su caparazón hacía doscientos millones de años? Quizá ya no existirían.

Se apoyó contra la húmeda pared del pozo. Había una angosta saliente que corría alrededor del fondo, pero no le proporcionaba suficiente punto de apoyo para impulsarse y alcanzar la escalera. Se preguntó si debería sentarse. ¿O acaso era una forma de decir que se había dado por vencido?

Se preguntó qué hora sería.

Se preguntó si debía gritar.

Le parecía lo más lógico, pero cuando abrió la boca para hacerlo, imaginó sus gritos flotando hacia arriba, resonando a través del bosque, agitando las hojas, asustando a los pajarillos, para ir a dar a las sucias y torpes orejas de Chet Bullens. Luego imaginó al Bulldog arremetiendo, gruñendo y jadeando y olfateándolo como lobo. Y luego lo vio colocar la cubierta en el pozo, para dejarlo encerrado por siempre.

*Más vale esperar un poco*, pensó Virgil, *hasta que el Bulldog se haya ido a casa.*

El problema es que no tenía una idea clara de cuánto sería ese "poco" que debía esperar porque no tenía reloj y su teléfono se había roto. Así que decidió guiarse por la intuición. ¿Tenía la intuición de que habían pasado diez minutos o cuarenta desde que estaba en el fondo del pozo? ¿Quién podía saberlo? Para empezar, a Virgil no le iba muy bien con los números, y lo cierto es que tampoco era bueno para decir la hora, con o sin reloj. Era una de las cosas que había frustrado a su papá una tarde, tanto que había levantado las manos para luego dejarlas caer, y decir: "¡Ay, Dios, *ko*! No importa, Virgilio, bastará con que entiendas cómo empiezan las cosas y cómo terminan, y deja de preocuparte por el tiempo que transcurre entre el principio y el fin".

Virgil no estaba muy seguro de si esto era un principio, un final o el medio. Lo que sabía es que le dolían las piernas y que el sol ya no parecía brillar tanto. Así que alzó la cabeza y gritó:

—¡Hola! ¡Hola! —pero no resultó muy sonoro. ¿Acaso alguien lo alcanzaría a oír? Requería más volumen.

—¡Hola! ¡Hola!

Los bigotes de Gulliver dejaron de moverse. Sus ojillos redondos se fijaron en Virgil desde su nido dentro de la mochila, que el muchacho cargaba al frente para así poder recostarse contra la pared y tener al conejillo a la vista al mismo tiempo.

—¡Hola, hola! ¡Auxilio, socorro!

Nunca antes había gritado pidiendo ayuda. Sonaba raro. Pero esta vez necesitaba ayuda, en verdad. Reunió todas las fuerzas que pudo encontrar, desde lo más profundo de su ser, y tomó aire hasta llenar su pecho como un globo.

Entonces gritó, con el grito más poderoso que había salido de su boca hasta entonces.

—¡AUXILIO, SOCORRO!

Su voz lo sobresaltó, porque no parecía suya. Resonó en todo su cuerpo, hasta los dedos de los pies. ¿Quién iba a saber que podía ser tan potente?

Si sus padres pudieran oírlo ahora...

# 21
## Valencia

Las ardillas llevan una vida muy agitada. Deben ser los animales más ocupados del mundo. Tienen tanto por hacer que se vuelven olvidadizas. Alguna vez leí que ellas pasan la mayor parte del tiempo escondiendo bellotas para comerlas después, pero luego olvidan el lugar donde las escondieron. Y de ahí brotan nuevos árboles. Debe haber miles de bellotas sepultadas en el suelo por aquí. Quizá millones. Si llego a terminar siendo la única persona sobre la faz de la Tierra, como en mi pesadilla, y no tengo electricidad ni verduras frescas, cavaré en la tierra hasta encontrar todas las bellotas olvidadas. Y con eso me alimentaré durante meses, tal vez años. Y cuando encuentre de nuevo la civilización y me pregunten cómo sobreviví, diré que comiendo las bellotas que las ardillas olvidaron. Y la gente pensará *¡Vaya, qué lista es!*

Gracias a mis observaciones, he aprendido que las ardillas construyen nidos en los árboles. Al principio pensé que vivían en el suelo, pero ahora ya sé bien lo que sucede. Con palitos y hojas hacen sus nidos entre las ramas. A primera vista, parecen nidos de pájaro. Quisiera poder trepar a un árbol para ver bien esos nidos, pero sería difícil hacerlo. Tal vez acabaría cayendo de una altura de más de diez metros, lo que me rompería veintisiete huesos o algo así. Además, no quiero interferir con la naturaleza.

A veces sí me decido a interferir. Sólo cuando es necesario. Por ejemplo, hace unos momentos recogí un puñado de bellotas y lo puse al pie de un pino cerca de mi tronco caído. Quería ver qué harían las ardillas con ellas y… ¿saben? En cuestión de minutos, una de ellas se acercó a hurtadillas, tomó unas cuantas, y salió corriendo. Deben tener una especie de radar para detectar las nueces y bellotas.

Las ardillas pertenecen a la familia de los roedores. Me pregunto si a todos los roedores les gustan las nueces. Jamás he visto a una rata con una nuez. Pero también es cierto que no suelen verse ratas en medio de la naturaleza. Me pregunto por qué…

Anoto en mi diario:

⭐ ¿A los demás roedores les gustan las nueces?

⭐ ¿Por qué nunca he visto ratas en el bosque?

Ya casi es hora de mi cita con Kaori. Mentiría si dijera que no estoy nerviosa. Me levanto, guardo el diario en mi bolso, y cierro los ojos.

—Querido San René —digo—, estoy a punto de ver a Kaori Tanaka, y tengo dos favores para pedirte. El primero, cuídame. Me encomiendo a ti, por si acaso llego a necesitarlo. El segundo, ayúdame a librarme de mi pesadilla para poder pasar un verano agradable. O por lo menos, un verano en el que pueda dormir.

Abro los ojos, tomo una bocanada de aire y empiezo a caminar hacia el otro lado del bosque. Estoy tan concentrada en mis pensamientos que casi paso por alto el viejo pozo, y eso que siempre lo noto, porque es una de mis cosas preferidas en este lugar. Me parece que data de la época colonial, pero no estoy segura. Permanece en relativo buen estado, tal vez porque está hecho de piedra. Todo menos la pesada plancha de madera que lo cubre. Pero hoy algo se ve diferente.

La cubierta fue retirada.

Camino hasta la boca del pozo y sí, está completamente abierto. Alguien ha estado haciendo travesuras por aquí, y dejó pruebas: una hilera de piedras bien alineadas. Apuesto a que alguien destapó el pozo para poder tirarlas dentro. Me parece una manera un poco aburrida de pasar el día, pero lo intento. Las dejo caer, una por una.

Está oscuro allá abajo.

Muy oscuro.

Me recuerda a la Cueva de los cristales, sólo que hay algo raro. No sé bien qué es, pero retiro las manos con un escalofrío.

¿Será que oí algo? ¿O fue sólo mi imaginación?

Doy un paso corto hacia atrás, como si algo pudiera salir del pozo y atacarme, y luego me inclino y me asomo otra vez. Oscuridad. A veces, cuando no puedo oír, lo percibo como otro tipo de sensación. ¿Estaré sintiendo algo así ahora?

Debería colocar la cubierta en su lugar. Eso es lo que me está molestando. Un animal podría caer dentro. ¿Qué tal que una ardilla anduviera explorando y luego no pudiera salir?

San René bendijo a los niños para así poder protegerlos. Igual me gustaría poder hacer a mí con las ardillas. No digo que yo sea tan valiente como San René, que fue raptado y todo lo demás, pero sí me gustaría ser como él. Sé que las ardillas pueden cuidarse solas la mayoría de las veces, pero el pozo abierto podría confundirlas.

*Sí, será mejor que ponga la cubierta en su lugar.*

Y eso es lo que hago.

Pero incluso tras dejar el pozo bien resguardado tengo una extraña sensación. Que no me abandona ni siquiera cuando ya he salido del bosque y voy cruzando la calle en dirección a la casa de Kaori.

# 22

## Imagina que estás
## en otro lugar

La oscuridad tenía dientes que mordían y atrapaban, y ahí estaba Virgil, en el fondo de la garganta de la oscuridad. No podía ver ni siquiera la mano que ponía frente a su cara. No había ni un rayo de claridad. Ni un puntito de luz.

—El Bulldog me quiere muerto —dijo.

Jamás lo hubiera creído, no en el fondo, pero ¿qué otra explicación podía haber? Sus gritos de ayuda habían viajado por entre los árboles hasta las sucias orejas del Bulldog, tal como él había predicho. Virgil había protegido a Gulliver cuando cayeron las piedras. Luego, la luz se apagó. El Bulldog quería burlarse de ellos, y después matarlos. Era la única explicación lógica. ¿Quién más iba a hacer algo así?

Ahora su corazón latía desbocado. Tal vez demasiado rápido. *Quizá me está dando un ataque*, pensó. ¿Así se sentía un ataque? ¿Los niños de once años podían sufrir un ataque al corazón?

Tampoco podía respirar. La oscuridad le había arrebatado los pulmones. Jadeó y abrazó su mochila contra el pecho, con ambos brazos, como si fuera un salvavidas. Gulliver gorjeó, a falta de otra cosa. O tal vez sabía bien lo que hacía y estaba despidiéndose.

Cuando dejó de emitir los gorjeos, un sonido extraño llenó el pozo: un gemido interrumpido por jadeos y un hipo. Virgil buscó frenético en la oscuridad hasta que se dio cuenta de que el sonido provenía de él. Entonces, tal vez no iba a morir de un ataque al corazón, sino de un paro respiratorio, o de ambos.

El aliento se le quedó atorado en la garganta. Ahora sentía que apenas podía jadear y se estaba asfixiando.

—Calma, calma, calma —se dijo, pero con los jadeos las palabras se entrecortaban. Sin embargo, de algo sirvió. Por lo menos dejó de sentir que se asfixiaba. Pero no soltó la mochila. Se dijo que estaba protegiendo a Gulliver, aunque en realidad aquel gesto era para él.

El fondo de un pozo es un lugar muy quieto y silencioso. Virgil nunca se había percatado de lo ruidoso que era el mundo, hasta que se vio en un lugar donde no había qué oír. Sin coches que pasaban en la distancia. Sin el zumbido de un ventilador. Sin pajarillos cantando. Tampoco oía la caída de una hoja.

—Éste es el fin —dijo, sentado en la saliente—. Nadie sabrá dónde estoy. Las generaciones de Salinas continuarán para siempre, en el futuro remoto, y nadie sabrá nunca que estoy aquí.

Los demás dirían: "Una vez hubo un niño llamado Virgilio en nuestra familia, pero nadie sabe qué fue de él", y trazarían la señal de la cruz con las manos. Mientras tanto, sus huesos reposarían en el fondo del pozo, con los huesos de Gulliver a un lado, tan diminutos que parecerían más hilachas.

Virgil tenía la garganta seca. De pronto sintió la cabeza muy pesada, como si alguien le hubiera puesto un ladrillo en la frente para pedirle que lo mantuviera en equilibrio. Abrió la boca para tomar aire, pero no lo consiguió. Sentía los pulmones llenos de aire y vacíos a la vez. Su cuerpo era un manojo de nervios que alguien tensaba y soltaba al mismo tiempo.

Y ahora no era sólo la oscuridad, sino también el olor. Moho y antigüedad, agua estancada. Le recordaba el hedor apestoso del fregadero cuando se obstruía el desagüe.

Cerró los ojos: *Imagina que estás en otro lugar.* Eso es lo que le decía su madre cuando era muy pequeño y tenía pesadillas. Eso había sido antes de que lo llamara Galápago. Antes de que descubrieran que él no sería perfecto, como sus hermanos. *Imagina que estás en otro lugar.*

Imaginó su habitación, con Gulliver sacudiendo su botella de agua. Imaginó la casa de Kaori, con el tapete redondo y el incienso que olía a flores quemadas. Imaginó a Lola ante la mesa de la cocina, leyendo su periódico y meneando la cabeza.

Todo su esfuerzo de imaginación habría funcionado si los oídos de Virgil se hubieran podido cerrar, como si fueran ojos, pero como estaban alerta, percibieron sonidos distantes en la oscuridad.

*No hagas caso*, pensó. *No es más que Gulliver.*

Sólo que él sabía bien cómo sonaba Gulliver, y esto era diferente. Los de su mascota eran sencillos e inofensivos: chillidos cuando tenía hambre, gorjeos cuando estaba contento. Los conejillos de Indias no hacen mucho más. Y definitivamente no se erizaban ni crecían. Nada tenían qué ver esos ruidos.

Y a eso sonaba lo que oía… a algo que se desenrrollaba, que se levantaba.

*Imagina que estás en otro lugar. Imagina que estás en otro lugar.*

Volvió a su habitación en su imaginación, pero éste se desvaneció apenas lo pensó. También desapareció el tapete circular de Kaori. Hasta Lola en su mesa fue tragada por la oscuridad.

El sonido… ¿qué era?

Alas, eso era. Alas que se desplegaban. Alas que se plegaban.

Una colonia de murciélagos, tal vez, listos para cernirse sobre él con sus pequeñas bocas de dientes afilados.

Más alto, ahora.

Virgil no se atrevía a abrir los ojos. Sus pies se sentían como bloques de cemento, sus piernas, como bandas de caucho, y su boca cerrada estaba tan atenazada que respiraba sólo por la nariz, aunque eso no era precisamente respirar sino hiperventilar.

El sonido de respiración entrecortada y rápida llenó el espacio, pero el aleteo se hizo más evidente, entonces supo que no podían ser murciélagos.

Era algo más grande.

Algo con plumas.

Con plumaje.

Alas capaces de abarcar una aldea completa.

Era Pah.

# 23
## La cuestión del tiempo

La primera palabra que pronunció Kaori Tanaka fue "nómada", aunque carecía de algún ancestro nómada. No hasta donde ella podía saberlo, a juzgar por sus padres. Pero una cosa sí había heredado de sus padres, específicamente de su madre, y era un aguzado sentido del tiempo. Una de sus primeras tareas como hermana mayor fue enseñarle a Gen a leer el reloj. Desafortunadamente, su hermana menor no tenía mucha idea del asunto.

—¿Qué hora es? —Kaori le había preguntado una tarde hacía unos años, cuando Gen estaba apenas empezando a aprender. Había dibujado un reloj en una hoja de papel. Cualquiera podía darse cuenta de que eran las tres y media, el apogeo de la hora de las brujas, pero Gen puso cara de no entender. En lugar de tratar de decir la hora, se sentó con las piernas extendidas y se sujetó los deditos de los pies. Siempre había sido una niña a la que le costaba estarse quieta.

—No lo sé —había dicho—. ¿A quién le importa? Lo único que tengo que hacer es mirar el teléfono de mamá o el horno de microondas y entonces lo sabré, al ver los números.

—Esto también tiene números —dijo Kaori.

—Pero no me da la hora directamente.

Kaori suspiró.

—No todo puede ser siempre directo en la vida, ¿sabes? Ésa había sido la primera y única vez que Kaori había intentado enseñar a Gen a leer el reloj, pero nunca había dejado de insistirle con una de las lecciones más importantes de la vida: la puntualidad.

Una de las cosas que Kaori más apreciaba de Virgil era su puntualidad. Si él decía que planeaba estar en un lugar determinado a las 6:30 y 40 segundos, a esa hora llegaba. A veces incluso un poco más temprano, pero nunca tarde, ni un minuto.

Por eso, supo que algo andaba mal incluso antes de mirar el reloj y darse cuenta de que Virgil se había retrasado quince minutos.

—Él no hace cosas como no aparecer. Ni siquiera nos envió un mensaje para avisar que no podía venir —le dijo Kaori a Gen. Estaban paradas, una junto a otra, frente a la ventana de la sala, mirando a través de las persianas, aguardando a que la silueta menuda y delgada de Virgil apareciera por la calle—. No me suena lógico que no hubiera enviado un mensaje, pues él sabe lo precioso que es mi tiempo. Y tengo una nueva clienta que vendrá después.

—Tal vez lo olvidó —dijo Gen.

—Lo dudo —respondió Kaori.

—Quizá su papá o su mamá le pidieron que hiciera algo y no tuvo tiempo de avisarnos.

Eso parecía más probable. Los padres tenían la capacidad de interferir en los planes y de alterarlos por completo. Pero…

—No termina de convencerme esa respuesta —replicó Kaori—. En todo caso, habría podido enviar un mensaje o algo así —abrió la puerta y dio un paso afuera. Cruzó los brazos y estudió la calle con sus delineados ojos oscuros. Esto demostraba el nivel de su preocupación. Kaori jamás salía a esperar a sus clientes. Siempre exigía la contraseña. Cuando uno tiene poderes de vidente, tiene que protegerse y evitar que le suceda lo que a las brujas de Salem.

Gen se irguió junto a ella y también cruzó los brazos. Si sus padres hubieran estado en casa, les habrían dicho que cerraran la puerta porque todo el aire fresco de adentro se salía y más valía que supieran que estaban desperdiciando mucho dinero al abusar así del termostato. Pero, por fortuna y gracias a los dioses ancestrales, los señores Tanaka habían salido a atender algunos asuntos.

—Tengo la sensación de que sucedió algo malo —dijo Kaori. Inclinó la cabeza hacia atrás y miró al cielo en busca de señales, pero era un día azul y despejado, sin una sola nube. Algunos dirían que era un lindo día, pero Kaori pensaba que los chaparrones tenían mucha más personalidad.

Gen la miró con entusiasmo:

—Tal vez deberías consultar los cristales.

Por supuesto, los cristales. ¿Cómo podía haberlos olvidado? Pero ésos estaban reservados para ocasiones especiales. No estaba segura de si el retraso de veinte minutos de un cliente podía considerarse una ocasión especial.

—Vamos a enviarle un mensaje, por si acaso —respondió.

Entraron de nuevo en la casa y fueron a la habitación de Kaori, donde ella tenía el teléfono justo al lado de la puerta. Prefería no usarlo en la Cámara porque no estaba segura de cómo se tomaría eso en el mundo del más allá. Les había explicado a los espíritus todo lo relacionado con telefonía e internet, así que estaban al tanto, pero uno nunca está seguro.

Virgil no contestó al mensaje, así que Kaori lo llamó, pero su llamada entró directamente al buzón. Kaori se apoyó contra la pared del pasillo y se mordisqueó el labio inferior.

A las 11:30 sintió que tenía un agujero de preocupación en el estómago.

A las 11:35 pensó que algo extremadamente grave debía estar pasando.

Hacia las 11:40 estaba convencida de que Virgil Salinas había sido víctima de un terrible destino y era el momento de consultar los cristales.

Los guardaba en un saquito de terciopelo que conservaba en una caja cerrada detrás de una pila de libros de hechicería bajo su cama. Gen era la única que sabía dónde se guardaban, y era su mayor secreto según las dos. Gen había tenido que jurar por sus vidas pasadas, la presente y todas las futuras que jamás revelaría la ubicación de los cristales mientras viviera.

Cuando le preguntó a Kaori de dónde habían salido los cristales, su hermana mayor se llevó el dedo a los labios y le dijo: "La guardiana de los secretos no puede hacer preguntas".

La verdad es que Kaori los había encontrado en una venta de jardín. A la señora Tanaka le encantaba ir a este tipo de ventas. Y había pensado que era "absolutamente maravilloso" que Kaori quisiera acompañarla por qué sería, según ella, "tiempo entre madre e hija", pero en realidad la hija sólo quería ver de qué tipo de tesoros se desprendía la gente por unas cuantas monedas. Y allí era donde había encontrado los cristales.

La mujer que los vendía había dicho que servían para llenar floreros. "Como decoración", había dicho la señora, pero Kaori sabía que no era así. Los secretos del Universo se ocultaban en cosas bellas y poco comunes, como éstas, y sólo unos cuantos elegidos podían entrever esos secretos. Así que había comprado los cristales por diez centavos.

Kaori cerró la puerta de su habitación mientras Gen se arrastraba bajo la cama para sacar la caja. Una vez que la alcanzó, la llevó cuidadosamente hasta el tapete redondo. Kaori la abrió, tomó el saquito, y la sacudió para extraer los cristales. Ambas se inclinaron para observarlos mejor.

—¿Qué ves? —preguntó Gen en voz baja.

Kaori estudió cada cristal sin tocarlos. Todos eran de diferentes colores: rojo, azul, transparente y rosa. Contempló el de plástico transparente con especial interés.

—No olvidó la cita —dijo—, hay algo que lo retiene de alguna forma.

— ¿Algo que lo previene? No entiendo.

—No, que lo *retiene*, que le impide venir.

Gen jadeó:

—¿Con una pistola, por ejemplo?

—No, no tanto. No necesariamente con una pistola. Simplemente no puede venir —enderezó la espalda y agregó, con cierta autoridad—: Hay algo que le impide estar aquí en este momento.

—Pero eso ya lo sabemos, porque no está aquí.

Kaori ignoró el comentario. Gen era una asistente muy útil, pero a veces resultaba insufrible.

—Sucedió algo —dijo la mayor—. De eso estoy segura.

# 24
# Valencia

Nunca antes he estado en la casa de una vidente, pero supongo que esperaba algo diferente, como un letrero grande y luminoso que anunciara la lectura del tarot o de la mano. En lugar de eso, la dirección me lleva a una casa común y corriente. No sé bien qué pensar. ¿Es una buena señal o no? ¿Significa eso que Kaori es una demente o no?

Sólo hay una manera de averiguarlo.

Me acerco a la puerta y pulsó el timbre. Sé que funciona por la manera en que vibra bajo mi dedo. Es increíble saber que hay mucha gente cuyo timbre no funciona. Permanezco mirando fijamente la puerta mientras mi corazón late, pero no tengo que esperar mucho antes de que alguien atienda. Una niñita me recibe. Parece que estuviera en primer grado o algo así. Tiene una cuerda de saltar color rosa colgada del hombro. Es mucho menor de lo que pensaba, pero al menos no parece una asesina. Ya veo por qué no pude encontrar información sobre ella en internet. Ni siquiera tiene la edad para usar una computadora.

—¿Contraseña? —me dice.

—Venus sale por el poniente.

La niñita ve mis aparatos auditivos.

—¿Qué son ésos?

—Audífonos, para poder oír —digo.

Quedo a la espera de su reacción.

A veces las personas se asustan cuando se enteran de que uno no las escucha. Y entonces no quieren hablar o no saben a dónde mirar. Sus ojos empiezan a fijarse en todo alrededor como en busca de un portal invisible que sirva para llevarlas a otra parte.

Pero la niña sólo responde:

—Hablas gracioso.

—Lo sé. Es que soy sorda —le digo.

—¡Ah! —contesta y abre la puerta del todo.

La casa está muy limpia y ordenada y huele a incienso. Veo salir volutas de humo de una habitación que se abre al pasillo. Allá es hacia donde me guía la niña.

*Querido San René: si hay una asesina demente en esa habitación llena de humo, protégeme, por favor. Amén.*

Pero resulta que no hay una asesina demente sino otra niña, como de mi edad. Sé con seguridad que es Kaori. Está en pie frente a un mapa estelar con las manos en las caderas. Se gira cuando entro. Puedo ver en su rostro que está pensando en otra cosa. Sus cejas forman una leve arruga en medio, que es lo que sucede cuando uno está preocupado. Si antes dije que uno podía saber muchas cosas de una persona por los ojos, olvidé decir que las cejas también ayudan.

—¿Eres Renée? —pregunta.

Me confundo al principio, pero después recuerdo que di ese nombre falso como referencia.

—Sí.

La pequeña va junto a su hermana y ambas me miran.

—Tiene audífonos y habla gracioso —dice la pequeña.

Explico las reglas para hablar, esperando verlas nerviosas o incómodas, cosa que no sucede. Kaori parece seguir pensando en otra cosa.

—Soy Kaori —se presenta—. Me disculpo por estar un poco distraída. Un cliente debía haber venido hace dos horas, y estoy preocupada. ¿No lo viste por el camino?

—¿Cómo es él?

—Menudito, delgaducho, de piel morena y cabello negro —dice Kaori. Me mira fijamente y habla despacio, tal como le pedí—. Parece asustado todo el tiempo, y lleva una mochila púrpura. Tiene once años.

—Se llama Virgil —agrega la pequeña—. Y yo soy Gen.

—¿Menudo, delgaducho, de cabello negro?

Gen y Kaori asienten en silencio.

Sé que no vi a un niño con esas características esta mañana, pero hay algo en esa descripción que me resulta familiar.

—Con una mochila púrpura —añade Gen—, y parece asustado todo el tiempo.

Siento que conozco a ese niño.

El nombre de Virgil no lo clarifica, pero eso puede ser porque me es difícil recordar nombres. Soy mucho mejor reconociendo rostros.

Pero a nadie vi de camino a casa de Kaori.

—No lo he visto —contesto.

Kaori frunce el entrecejo.

—Estoy segura de que aparecerá —tras unos instantes esboza una sonrisa forzada y dice—. Hablemos de tus sueños. ¿Son buenos sueños o malos?

—Si fueran buenos, no estaría aquí —respondo.

—Buen punto —dice Kaori. Señala un tapete redondo y me invita a sentarme allí. Hago lo que me pide.

—Ahora, empecemos —se sienta frente a mí, junto a Gen.

No puedo evitar notar que su expresión preocupada no ha desaparecido.

No del todo.

# 25
## La niña
## que ignoraba su destino

Virgil se cubrió los oídos. Presionó las palmas de las manos con tal fuerza contra sus orejas que sintió dolor. Los latidos de su corazón empezaron a sentirse en su cabeza, pero el aleteo aún seguía allí, y de alguna manera se oía más fuerte. El sonido de plumas en movimiento se las arregló para oírse por encima de todo, por encima del *tucutún-tucutún* de su corazón y del *puf-puf-puf* de su respiración, pero se negó a abrir los ojos. En todo caso, le resultaba imposible hacerlo, porque sus ojos parecían cerrados con pegamento. Le dolían. Y también le dolían las mejillas. Era como si toda su cara hubiera sido convertida en un nudo muy apretado.

No, no era capaz de mirar. No iba a hacerlo.

Las alas se movieron de nuevo. ¿Estarían más cerca? Así se sentían.

¿Era una pluma eso que sentía en la mejilla o…?

Se estremeció, de la misma manera que lo hacía cuando uno de sus profesores le hacía una pregunta, aunque no hubiera levantado la mano. "¿Nos puedes dar la respuesta, Virgil?", le decían mirándolo fijamente.

Meneó la cabeza. No, no, no.

—¿Cuál es la solución? ¿Alguien lo sabe? ¿Virgil? Una vez, en clase con la señora Murray, había contestado con un hilo de voz, exactamente lo que estaba pensando:

—Pero si no levanté la mano.

—A veces, la vida te pone en el escenario, aunque no hayas levantado la mano —había dicho.

Las alas parecían más grandes ahora, según su impresión. Se extendían, y las puntas tocaban lados opuestos del pozo, ocupando todo el espacio que Gulliver y él no alcanzaban a llenar.

Pah.

¿Cuándo iba a sentir sus garras?

—"Abre los ojos", dijo una voz. "Ésa es la solución."

La voz no era la suya, sino que surgía desde dentro del pozo, a través de sus manos y su corazón y su inútil respiración. Era como si viniera de más allá, pero casi podía tocarse. Era la voz de una niña, y no la había oído antes.

Virgil abrió la boca, que se sentía pastosa, para decir:

—¿Quién dijo eso? —pero no tuvo certeza de haber hecho la pregunta hasta que escuchó la respuesta.

—Yo.

La voz corrió por el pozo como el vapor que se desprende de una taza de chocolate.

Virgil se apoyó contra la pared, recostándose todo lo posible como si pudiera alejarse del centro del pozo.

—No quiero abrir los ojos —dijo. Esta vez estaba seguro de haber hablado en voz alta.

—Entre más miedo sientas, más grande será Pah —dijo la niña—. Además, no es tan terrible como piensas, al igual que la mayoría de las cosas.

Se oía tan tranquila y calmada que Virgil estuvo a punto de creerle. Le recordaba a Lola, a pesar de que era apenas una niña. ¿De dónde habría salido? No estaba muy seguro, y menos ahora… Pero lo que sabía era que no había una niña en el pozo cuando él entró.

—No creo en los fantasmas —dijo, aunque no era cierto.

—Yo tampoco —contestó la niña.

Se dio cuenta de que su respiración ya se había apaciguado y que ya no podía oír a Pah, pero seguía sin querer abrir los ojos. ¿Qué tal que lo estuviera mirando, y abriendo su enorme pico?

—No va a estar ahí —dijo la niña—, créeme.

¿Cómo sabía ella lo que él estaba pensando?

—Oigo lo que veo —respondió.

Virgil deshizo el nudo en que se había convertido su rostro. Las manos le hacían sudar las orejas, pero no se atrevió a liberarlas. En lugar de eso, abrió los ojos muy, muy despacio.

Negrura.

Honda negrura.

Pero no había un pico puntiagudo, ni plumas, ni garras.

Ni Pah.

El pozo estaba tal como había estado antes.

El corazón se le tranquilizó un poco, aunque todavía lo tenía acelerado, pero ya no sentía como si fuera a salírsele del pecho.

—¿Ves? —dijo la niña con orgullo.

Así que bajó las manos muy, muy despacio, y miró en la oscuridad.

—¿Dónde estás? —preguntó, y la voz brotó como un susurro.

—A tu alrededor. ¿No te das cuenta?

Sí, se daba cuenta. La voz brotaba de todas partes, como si el pozo fuera el que hablaba.

Apoyó la palma de la mano en una de las piedras, sin mover otra parte de su cuerpo.

Parecía que el pozo respirara.

—Veo que estás asustado, *Bayani*, pero no deberías estarlo.

—¿Y cómo... cómo es que puedes ver?

—Veo lo que escucho.

—No me llamo *Bayani*.

—Para mí, sí —dijo la niña.

—¿Y tú quién eres?

—Ruby San Salvador.

El nombre le resultaba vagamente familiar.

—La niña que no conocía su destino —explicó ella—, ¿recuerdas?

Sí, lo recordaba, la historia que contaba Lola.

—¿Qué haces aquí? —la voz de Virgil se oía insignificante.

Pah había desaparecido.

Por el momento.

—Estoy cumpliendo mi destino —contestó Ruby.

—¿Tu destino es vivir en un pozo?

—No, mi destino es ayudar a quien está en problemas.

Virgil se aferró a su mochila.

—¿Puedes abrir el pozo y ayudarme a subir la escalera?

—Por supuesto que no. Se necesitan brazos para poder mover las cosas.

—¡Oh! —dijo Virgil.

El silencio llenó el pozo.

Gulliver soltó un chillido.

—Supongo que no tengo esperanza —susurró Virgil.

—Ay, Bayani —respondió Ruby—, nunca hay que perder la esperanza.

# 26
## La interpretación del sueño

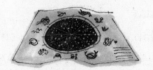

Era cierto que Kaori había estudiado sobre los sueños. Bueno, al menos lo había hecho a través de internet. Ella creía que el inconsciente era una fuerza poderosa, muy poderosa. Y que a veces el cerebro necesitaba de los sueños para deshacerse de todas las cosas que producían miedo o ansiedad. Para ella la solución era sencilla: había que superar los miedos, y las pesadillas desaparecerían.

Tras oír los detalles de la pesadilla de Renée, supo exactamente cuál era el problema. Estaba claro como el agua.

Cuando tuvo la certeza de que Renée la miraba, dijo:

—Le temes a las niñas vestidas de azul.

Renée ladeó la cabeza con gesto de escepticismo, y luego negó en silencio. Estaban sentadas en el tapete del zodiaco, en las posiciones habituales: Kaori y Gen en un lado, y el cliente en el otro.

—No me parece que sea eso —anotó Gen.

Kaori se volvió hacia su hermana:

—Perdóname, pero tú no eres la experta aquí. Además, ¿cómo sabes que mi interpretación no es correcta?

Gen se encogió de hombros.

—Sólo me parece... No sé... Es demasiado *obvia*.

—A veces, la respuesta más sencilla es la correcta —dijo Kaori. Miró a Renée, que no parecía muy convencida—, pero me voy a concentrar más, por si acaso estuviera equivocada.

Hizo énfasis en la parte de *por si acaso*.

Cerró los ojos y se imaginó a Renée completamente sola en un potrero.

—Estás asustada —dijo Kaori—. Tienes miedo de estar sola.

Cuando abrió los ojos, la cara de Renée se veía como si acabara de comerse algo muy ácido, tensa y arrugada.

—No tengo miedo —contestó, como si fueran palabras amargas que necesitaba escupir—. Me agrada estar sola. De hecho, es más sencillo.

Kaori y Gen intercambiaron una mirada. Kaori no estaba acostumbrada a que sus clientes la cuestionaran. Aunque también era cierto que su único cliente había sido Virgil.

—Bueno —dijo Kaori, y habló con cuidado, haciendo pausas para asegurarse de que Renée estaba entendiendo toda la información importante—, podría estar equivocada, pero a mí me parece que te sientes sola, y que tal vez temas estarlo. Es por eso que te asustas cuando miras alrededor y ves que no hay nadie. Porque es como si vivieras en una burbuja. Todos te miran como si fueras invisible. Y entonces, un día... lo eres. Eso asustaría a cualquiera.

Gen asintió convencida.

Renée puso una cara mezcla de desaprobación y desagrado.

—Pero resulta que *me gusta* estar sola —insistió. Cruzó los brazos.

—¡Oh! —reaccionó Kaori.

—Estoy bien a solas. Es menos complicado.

—Tal vez no estoy dando en el clavo porque estoy preocupada por Virgil. Es como si no pudiera concentrarme.

Gen asintió de nuevo.

—Cierto —agregó—. Estuvo estudiando esas líneas un buen rato antes de que llegaras —señaló el mapa estelar.

Renée miró el mapa, y luego volvió la vista hacia las hermanas. Kaori quiso explicar que eso no eran simples líneas, pero supuso que era mejor dejar las cosas como estaban, tal como le gustaba decir a su padre.

—Bueno… —añadió Renée, y descruzó los brazos—, pues yo puedo ayudarte a buscarlo, si quieres.

Kaori miró a su nueva clienta con curiosidad. Era una chica obstinada, con un temperamento explosivo. Interesante. Se preguntó qué signo del zodíaco sería. ¿Leo? ¿Aries?

—Hey, ¿qué signo eres? —le dijo.

Pero Renée estaba ocupada levantándose, y no se percató de que Kaori le hablaba.

# 27
## Valencia

**B**ueno, tal vez estar sola no siempre es lo mejor. Sería agradable volver a la época en que formaba parte de un grupo. Mejor dicho, está bien tener con quién sentarse a almorzar todos los días, en lugar de sentarte en cualquier parte. Y además sería bueno tener otros planes durante el verano, más allá de alimentar a Divino o de observar ardillas y nidos de pájaros. Pero no es que tema estar sola.

Kaori dice que deberíamos comer antes de empezar con nuestra estrategia de la búsqueda, así que las tres nos metemos en la cocina. Me doy cuenta de que tengo más hambre de lo que pensaba. La hora del almuerzo pasó hace tiempo.

Kaori saca un pan rebanado y carnes frías para hacer sándwiches. Me preparo uno de jamón con mostaza. Gen se prepara uno con salchichón y dos kilos de mayonesa. Su hermana mayor incluye jamón, lechuga y tomate en el suyo, y corta la corteza a los panes.

Mientras comemos en la cocina de los Tanaka, que es grande y limpia y huele a papas, con una bonita mesa adornada con velas altas y delgadas, Kaori dice que debemos empezar por los lugares obvios.

—El único lugar obvio es su casa —dice, con la boca llena—. Tenemos que ir y ver si está en ella.

—Eso parece fácil —digo.

Sólo añadí dos tajadas muy finas de jamón a mi sándwich, porque me pareció descortés tomar más, pero ahora desearía haberle agregado otra. Sólo siento los sabores de la mostaza y del pan. Pero un sándwich es un buen sándwich cuando uno tiene hambre.

—No es tan sencillo como crees —sigue Kaori, y hace una pausa—: Tú serás la que se acerque a la puerta a preguntar por él.

Trago el bocado que estoy masticando.

—¿Yo? ¿Por qué yo? Si ni siquiera lo conozco.

Ella le da un sorbo a su vaso y se limpia la boca con la manga mientras sigue hablando, así que no alcanzo a entender la primera parte de la oración. Sólo el final:

—... podría meterse en problemas.

Ahora entiendo. Si los papás de Virgil creen que él está con Kaori, y ella aparece preguntando por él, podría meterlo en problemas, y más si está haciendo algo que se supone que no debería hacer.

—¿Dónde vive? —pregunto.

157

Kaori hace un gesto apuntando a ningún lugar determinado.

—En una casa bonita al otro lado del bosque. Va a la Escuela Boyd.

—Yo también —afirmo—. Entraré a séptimo grado.

—Virgil también —exclama Gen, con una plasta de mayonesa en el labio.

—¿Estás segura de que no lo conoces? —pregunta Kaori.

Me cuesta entender lo que dice Gen a continuación, porque está en medio de un bocado, pero me parece que trata de contarme cómo es la cara de Virgil.

Morena.

Delgada.

Triste.

Me pregunto cómo describiría Gen mi cara.

No me gustaría que dijeran que me veo triste, aunque probablemente así sea.

Aunque no en este preciso momento.

En este instante, soy una chica comiendo un sándwich, a la espera de lo que está por venir.

# 28
# Bali

Virgil intentó de nuevo meter la punta de su zapato entre dos pesadas piedras del pozo, pero estaban tan juntas entre sí que no lograba obtener suficiente apoyo para brincar e intentar alcanzar la escalera. También intentó impulsarse desde la saliente, pero no era lo suficientemente alta. Tampoco él. Saltó, por si acaso repentinamente se hubiera estirado veinte centímetros, pero sus dedos no rozaron el escalón inferior. Ni siquiera estaba muy seguro de dónde había quedado la escalera, de lo oscuro que estaba.

Se sentó, exhausto, y dio a Gulliver un diente de león.

—Me pregunto cuánto tardarán en empezar a buscarme —dijo, y pensó en el niño de piedra.

—¿Y cómo sabes que no han empezado ya a hacerlo? —preguntó Ruby.

—Espero que aparezcan antes de que Pah regrese.

—¿Y por qué no descansas en lugar de pensar en Pah? No está aquí ahora, y eso es lo que importa.

—No puedo descansar. Hay demasiado silencio —dijo él.

—El silencio es bueno a veces —contestó Ruby—. Es ahí cuando puedes oír mejor.

—¿Oír qué?

—Tus pensamientos, Bayani.

—Precisamente. No quiero tener pensamientos porque entonces no dejaré de dar vueltas a eso de que estoy atrapado aquí y sin salida.

Ruby suspiró:

—Ése es el problema. Las personas no quieren oír sus pensamientos, así que llenan el mundo de ruido.

—No me molestaría el silencio si estuviera en otro sitio.

—¿Dónde, por ejemplo?

Virgil se abrazó a su mochila.

—Bali.

—¿Qué es Bali?

—No sé —contestó él—. Es un lugar al que todos quieren ir —sus padres hablaban de eso con frecuencia. Hasta tenían folletos turísticos.

—¿Por qué? ¿Cómo es ese lugar?

—Mágico, creo. Si no, ¿por qué tantas personas querrían ir allá?

Virgil imaginaba un cielo púrpura brillante con esponjosas nubes azules. Cuando llovía, las nubes se abrían para dejar caer gruesas gotas de gas hilarante sobre toda la gente. Nadie podía dejar de reír en Bali. Bebían de vasijas de oro y reían sin parar. A nadie le preocupaba si alguien se ocultaba en su caparazón. Y el sol brillaba continuamente, así que el sitio entero resplandecía bañado en luz. Todo lo que la luz alcanzara a tocar pertenecía a los Dioses del Sol, que jamás permitían que la maldad atravesara las fronteras de Bali. Había soldados apostados en cada entrada, por si acaso, pero nadie se atrevía ni a acercarse. Los únicos enemigos mortales de los Dioses del Sol eran los Cien Reyes de la Oscuridad. Pero esos reyes habían sido desterrados al centro de la Tierra, y allí llevaban dormidos cinco mil años.

Todo el mundo sabía que los Cien Reyes de la Oscuridad no podían dormir para siempre. Pero nadie sabía cuándo despertarían. Por eso, los Dioses del Sol nombraron un guerrero para que derrotara a los reyes. Este guerrero había pasado años entrenándose para cuando los reyes abrieran los ojos, los doscientos ojos.

—Eres tú, Bayani —dijo Ruby—. Tú eres el guerrero de los Dioses del Sol.

—¡Yo no soy ningún guerrero! —dijo Virgil, y recostó la cabeza contra la piedra, aspirando el olor del musgo, que ya no percibía tanto—. Mis hermanos, quizá, pero yo no.

—¡Bah!

—¿Qué quieres decir con eso? Son fuertes y todo lo demás.

—¿Y eso qué tiene que ver?

—Bueno, yo sólo decía... Es que no son enclenques y debiluchos, como yo.

—La debilidad nada tiene que ver con el peso —titubeó Ruby—. Podrá ser que ellos sean buenos deportistas y muy capaces de levantar cosas, pero eso no quiere decir que sean fuertes. Hay muchas maneras de ser fuerte. Y ser un guerrero nada tiene que ver con el tamaño. Con certeza, ha habido guerreros pequeños antes.

Virgil pensó en Paulito y el dragón de la selva, que había sido uno de los cuentos preferidos de Lola antes de que pasara a contarle historias de cocodrilos y de piedras que comen niños. La de Paulito tenía un final mucho más feliz.

—Cuéntame de él —dijo Ruby.

—¿Cómo sabes lo que estoy pensando?

—Estaba prestando atención.

—Pero si no dije nada.

—¿Y cuál es la diferencia? —respondió ella—. Cuéntame la historia, me encanta oír cuentos.

Virgil no se consideraba un buen cuentacuentos, pero reunió todas las piezas de lo que recordaba sobre

Paulito y empezó a contarlo de la mejor manera que pudo: por el principio.

—Paulito medía apenas un par de centímetros, pero quería llegar a ser rey. No porque fuera ambicioso ni algo por el estilo, sino porque la gente de su pueblo no podía dejar de reñir por nimiedades —Virgil recordaba a Lola usando precisamente ese término, "nimiedades", porque tuvo que preguntarle qué significaba.

"Imagina que tu casa se está incendiando y tú te pones a acomodar los cojines antes de salir huyendo", había dicho ella.

—Todo el mundo se burlaba de él. Decían que un hombre de dos centímetros de estatura jamás podría gobernar un pueblo. Y se enzarzaron en una discusión por esa razón.

Gulliver soltó un leve chillido, así que Virgil le ofreció un diente de león. Se los estaba administrando, uno por uno, porque debía racionarlos. Se preguntó si él también terminaría comiendo dientes de león. ¿Qué le sucedería si lo hacía? ¿Acabaría muriéndose envenenado? ¿Y el agua? ¿Cuánto tiempo podría pasar sin agua?

Se llevó la mano a la garganta, de súbito sintió mucha sed.

—¿Y qué más pasó, Bayani? —lo apremió Ruby—. Espero que la historia no termine ahí.

—Perdón —Virgil dejó caer la mano y empezó a rascarle detrás de las orejas a Gulliver —. No soy muy bueno para contar cuentos. No como Lola.

De pensar en Lola, sintió mareo y náuseas, y como si se hubieran juntado un millón de lágrimas en su interior, queriendo salir. ¿Qué estaría haciendo Lola ahora? ¿Doblando la ropa recién salida de la secadora? ¿Planchando camisas? ¿Deshierbando el jardín? ¿Quejándose de que su madre había comprado demasiados plátanos? Sea lo que fuese, seguramente no estaría pensando en que uno de sus cuentos se había hecho realidad y que un pozo se había tragado a su nieto.

—No importa… sigue adelante —dijo Ruby.

Virgil tragó saliva.

—Mientras discutían, Paulito fue a recoger granos de arena. Sólo podía llevar un puñado cada vez. La gente de la aldea estaba tan ocupada discutiendo que no vieron lo que él hacía. Y entonces, grandes barcos trataron de invadir, pero no lo consiguieron porque Paulito había construido una fortaleza, puñado a puñado de arena.

Ruby esperó:

—¿Y?

—Y lo coronaron como rey de la isla. Fue el mejor rey que tuvieron.

El millón de lágrimas que trataba de contener por dentro fue aumentando.

Echaba de menos a su Lola.

—No soy un guerrero. No soy Paulito —dijo—.
Paulito no se escondería del Bulldog. Paulito era valiente. No sentiría miedo.

—Si no conoces el miedo, no puedes ser valiente.

—Sí, pero yo... Yo no hago nada ni peleo.

—Hay muchas maneras de pelear. Quizá no estabas preparado. Pero la próxima vez lo estarás.

—No quiero que haya una próxima vez.

—Mi querido Bayani, siempre la hay —dijo Ruby.

*Bayani* significa héroe. Virgil lo recordó. Quedó en silencio, sentado en el fondo del pozo oscuro y profundo, recordando cosas. Una de esas cosas era el día en que sus padres y su maestro de matemáticas le dijeron que tendría que ir al salón de clases especiales todos los jueves, por cuenta de las tablas de multiplicar.

La mente de Virgilio había divagado aquel día mientras estaba sentado en un asiento incómodo frente al señor Linton, con sus padres uno a cada lado. En lugar de prestar atención a los detalles de lo que lo hacía *especial*, sólo escuchó lo de las tablas de multiplicar, y empezó a imaginarse una línea de ensamblaje sin fin, donde se montaban esas tablas, como las que podían encontrarse en una tienda de construcción y decoración, y que se iban clonando y apilando, cada vez más alto. Y se imaginó al pie de la tabla más baja, mirando hacia arriba para ver el tope de la montaña de tablas. Sólo que no podía hacerlo, porque era *especial*.

El señor Linton explicó a Virgil y a sus padres que ir a clases especiales implicaría que él recibiría atención personalizada. No quería decir que tuviera un *problema* en sí, se apresuró a añadir.

En ese momento, él había pensado que *sí* había algo que estaba mal en él, que no podía entender las tablas de multiplicar. *Hay una manera correcta de aprenderlas y entenderlas, y otra equivocada. Y si las estuviera aprendiendo bien, no tendría que ir a ese lugar.*

Pero mantuvo la boca bien cerrada.

Al fin y al cabo, no le importaba ir a esas clases especiales. No es que se la estuviera pasando de maravilla con el señor Linton. Así que, si necesitaba más tiempo de atención personalizada, le parecía bien. Estaba seguro de que nadie en el grupo iba a echarlo de menos.

Pero entonces resultó que ése fue el mejor día de todo el año escolar para Virgil, porque allí estaba Valencia.

Ella vestía una blusa violeta, y estaba peinada con dos trenzas perfectas. La parte baja de sus pantalones estaba manchada de tierra, y llevaba un diario bajo el brazo, que Virgil estaba desesperado por poder leer. A veces se preguntaba, si ella llegaba a dejarlo olvidado en el escritorio, ¿se atrevería a echarle un vistazo? ¿O se comportaría como una buena persona y lo guardaría para que nadie pudiera abrirlo? Quería pensar que él pertenecía al segundo grupo. Pero en verdad anhelaba saber qué era lo que ella escribía y dibujaba en su diario. Y lo llevaba a querer escribir un diario también. Quizá tenía cosas para decir y aún no lo sabía.

—Me gustaría tener un diario aquí, conmigo —dijo, hablándole a la oscuridad—. Le escribiría una carta de despedida a mi familia. Aunque jamás la encontraran.

—No se necesita papel para escribir una carta —replicó Ruby—. Puedes escribirla en tu mente.

—¿Qué quieres decir?

—Cierra los ojos y la boca y envía tus pensamientos a través del Universo.

—¿Y mi familia cómo va a recibir un pensamiento?

—Lo sentirán, aunque no lo comprendan —explicó ella—. ¿No te ha pasado que sientes o intuyes algo, como una corazonada, una inquietud?

Sí, a veces en la escuela, podía saber que el Bulldog estaba cerca, a pesar de que no lo veía. Y lo mismo le pasaba con Valencia.

—Eso es una carta que te manda el Universo —dijo Ruby.

Pensó en Lola y en esa manera extraña suya de saber siempre lo que le pasaba a él. Quizás ella intuiría que estaba en problemas ahora.

—Me parece que Lola recibe muchas de esas cartas —dijo.

—Todos las recibimos —contestó Ruby—, sólo que unos son mejores para abrirlas y leerlas.

# 29

## Valencia

Hace apenas cuarenta y ocho horas yo era una niña común y corriente, dedicada a observar la fauna silvestre. Ahora voy caminando con una vidente a la casa de un muchacho que no conozco para averiguar si saben de él. Qué curiosa es la vida, ¿no?

Virgil vive en un vecindario bonito, tal como dijo Kaori. Las casas son el doble de grandes que las de mi calle. Cuando se lo hago notar a Kaori, me contesta:

—Sí, claro, su papá es médico —y luego con un movimiento de mano hace el tema a un lado, como si fuera la cosa menos importante en este momento. Y tal vez tenga razón. Yo sólo pretendía hacer una observación.

Para ser sincera, hay algo en las casas grandes que me intimida, y ahora estoy nerviosa.

No es que sea tímida, ni mucho menos, pero no me siento en condiciones de ir a golpear a la puerta de una casa de gente que no conozco. Kaori me explicó nuevamente que si los padres de Virgil o Lola pensaban que estaba con ella cuando realmente hacía otra cosa, algo indebido, entonces podríamos ocasionarle serios problemas.

"Probablemente no sea eso lo que sucede", había dicho ella cuando salimos hacia la casa de Virgil. "No es el tipo de persona que anda por ahí haciendo lo que no debería. Y tampoco es el tipo de persona que no acude a una cita. Pero nunca se sabe. Los seres humanos somos un enigma."

Así que aquí estoy, y la casa de Virgil está en la siguiente calle. Kaori me detiene y ella y Gen me miran con gravedad, como si yo fuera un espía a cargo de una misión secreta.

—Esto es lo que vas a hacer —dice Kaori—: llamas a la puerta y preguntas si Virgil está en casa.

—Gracias por explicármelo así de claro —contesto.

Cuando Gen no puede evitar soltar una risita, Kaori la mira enojada.

—Es en serio —explica—. Su Lola es muy perceptiva, creo que pertenece a los nuestros —se lleva la mano al pecho para mostrarme que ese "los nuestros" se refiere a los videntes y adivinos—. Si no está en casa bastará con que des las gracias y digas que volverás más tarde. Y entonces sabremos qué es lo que está pasando, de una forma u otra.

—¿Y qué pasa si está en casa? —de sólo pensarlo empezaba a sentir el calor del sonrojo. Quizá no estaría tan nerviosa si fuera la casa de una chica, pero el hecho de que sea la de un chico en un vecindario lujoso hace que mi estómago dé vueltas hasta producirme náuseas. No suelo conversar con niños. Y menos aún, ir a sus casas.

—Entonces, le dirás que salga para hablar con nosotras —dijo, mirando por encima de mi hombro—. Esperaremos aquí.

Gen me da un toquecito en el brazo y sonríe:

—No te preocupes, a Virgil no le va a dar un ataque de nervios ni algo parecido —cuenta—. Me agrada mucho. Y es tímido, como ya te dije. Además tiene una rata de mascota.

Tira de los extremos de su cuerda de saltar para quitársela. Queda tendida sobre la acera caliente, y cuelga cerca de la punta de sus zapatos.

—¿En serio? —exclamo. Esto me resulta interesante. A la mayoría de las personas no le gustan las ratas, pero son muy buenas mascotas. Son animales inteligentes y curiosos. Les gusta la diversión y la aventura. Sería divertido tener una rata. Pero jamás pediría a mis papás una. No alcanzo a imaginarme la cara que pondrían.

Ahora Kaori me está dando un golpecito en el hombro para que yo sepa que debo mirarla (es muy buena para entender las reglas para hablar conmigo) y al mismo tiempo le da a Gen otro empujoncito.

—No es una rata —precisa—, sino un conejillo de Indias.

—¡Me encantan los conejillos de Indias! —exclamo—. Tuve una hembra cuando era muy pequeña, pero murió. Se llamaba Lilliput.

Casi había olvidado a Lilliput. Tenía el pelo muy largo y de diferentes colores: marrones oscuro y claro, y negro, alborotado. No recuerdo cómo la conseguimos porque yo era muy pequeña, pero me acuerdo de alimentarla con heno y de verla beber de la botella que tenía en su jaula. Murió un día mientras yo estaba en preescolar. Cuando regresé a casa, papá ya la había enterrado en el jardín. Lloré porque no tuve oportunidad de despedirme de ella.

—¡Lilliput! ¡Qué nombre más bonito! —dice Gen, mientras prepara la cuerda para saltar.

Lilliput es el nombre de una isla que aparece en un libro llamado *Los viajes de Gulliver*. En el libro, Lemuel Gulliver, un explorador, viaja a muchas tierras luego de un naufragio. El primer lugar es Lilliput, una isla donde las personas son muy pequeñas. Me gustó la historia, pero el nombre me gustó todavía más: Lilliput. Sonaba exactamente como un lugar donde vivirían personas muy pequeñitas.

Estoy a punto de contarle todo esto a Gen y de preguntarle cómo se llama el conejillo de Indias de Virgil cuando Kaori empieza a señalar la casa que está detrás de mí.

—Vamos, apresúrate —me anima—, necesitamos averiguar qué es lo que está sucediendo.

—Está bien, está bien —digo. Doy vuelta y camino hacia la casa. Trato de caminar despreocupadamente, para que no se note lo nerviosa que estoy.

No hay coches en la entrada. Quizá no hay nadie en casa.

Recorro el caminito empedrado. No es que sea una mansión ni algo parecido, pero la casa es grande. Tiene dos plantas, y una cochera en la que cabrían tres autos. En la puerta hay un aldabón en forma de herradura. Lo levantó, golpeo tres veces y espero. Juego con las tiras de mi bolso. Luego de unos cinco segundos decido que no hay nadie en casa. En cierta forma es un alivio, pero nuevamente sería mejor que el amigo de Kaori estuviera en casa, porque eso significaría que está sano y salvo.

Entonces, la puerta se abre. De inmediato sé que es Lola, su abuela, según me explicó Kaori, porque parece que tuviera cien años. Es bajita, más que yo, y muy delgada. No sonríe. No es que parezca malvada, pero tampoco amistosa. Mira por unos instantes mis audífonos.

—Mmmm —empiezo—. ¿Está Virgil?

Ella levanta la barbilla como si no me hubiera oído bien. Sigue con la mano en la perilla de la puerta.

—¿Virgil? —pregunta.

Por un momento me preocupa no haber dicho bien su nombre. Quizá no es Virgil. Tal vez no armé bien las piezas del rompecabezas de su nombre.

—¿Sí? —respondo, pero lo digo como pregunta.

—No. No está en casa. Salió esta mañana. ¿Cómo te llamas?

Siento cómo el pecho y el cuello se calientan.

—¿Mi nombre? —respondo como tonta.

—Sí —asiente Lola—, para que pueda decirle que viniste.

—Ah —me aclaro la garganta—. Me llamo… mmmm… Valencia.

—¿Mmmm Valencia? —dice. No estoy segura de si está bromeando o burlándose de mí. Es difícil saberlo al principio, pero luego se le suaviza la mirada y sonríe—. Te esperaba.

—¿Me esperaba?

—Bueno, estaba esperando algo.

Pensé que iba a decir algo normal como "Le diré que viniste a buscarlo", así que ahora no sé qué responder.

—Tu madre te bendijo con un nombre muy adecuado —continúa—. La catedral de Valencia es una de las más importantes del mundo. Está en España.

—No sabía.

—Puede que tu madre sí.

—Lo dudo.

—Mmmm —parece que Lola estuviera sopesando mi respuesta—. Deberías decirle. Le gustará saber que eligió un buen nombre, uno con fuerza.

—Creo que eso ya lo sabe —respondo—. No es el tipo de persona a la que le agrade cuestionar sus decisiones.

Lola ríe. Su cara entera se arruga, y me recuerda a una bruja riendo, pero no de mala manera.

—¡Me agrada tu madre! —exclama.

Eso me hace sonreír, aunque no sé bien por qué, pues opino que mamá es uno de los mayores dolores de cabeza del mundo.

—¿Virgilio tiene tu teléfono? —pregunta Lola—. Le diré que te escriba cuando regrese.

Mueve las manos en ademán de escribir en un teléfono, y me doy cuenta de que se refiere a enviar un mensaje de texto.

Hubiera podido decir que sí, pero se me escapa un "no", pues es la verdad, y lo siguiente que sé es que me está invitando a entrar para que ella pueda escribir mi número de contacto. Miro hacia donde están Kaori y Gen y me encojo de hombros. Están demasiado lejos para alcanzar a distinguir sus rostros. Gen salta la cuerda. Lo hace muy rápido.

Soy consciente del calor que hacía afuera hasta que estoy adentro, y siento el zumbido fresco de los ventiladores en la casa de Virgil. Lola camina delante de mí, hacia una enorme cocina. Cierro la puerta y la sigo. Empieza a revolver cosas en un cajón. Veo que su boca se mueve, pero no sé lo que estará diciendo porque le habla al cajón y no a mí. Es gracioso que la gente les hable a las cosas, como a los cajones, en lugar de a la persona que tienen en frente. No quiero agacharme o mirarla a la cara porque sería un poco raro. En lugar de eso, doy la vuelta y miro hacia un librero grande que hay junto a la pared. No me detengo a escudriñar los libros, sino que miro directamente una foto enmarcada de la familia. Hay seis personas en la imagen. Cuatro sonríen, con gesto amplio, radiantes y perfectas. Otras dos no sonríen. Una es Lola, que mira con un leve gesto de desagrado en la cara, como si quisiera terminar con la sesión de fotografías. El otro es un niño. No hace mala cara, no. Parece como si estuviera esforzándose por sonreír, pero no tuviera motivos para hacerlo. Sé de inmediato que es Virgil. Y sé también por qué la descripción de Kaori me resultaba tan familiar. Lo conozco.

Busco su cara en mi memoria y la localizo al instante.

Va a las clases especiales de los jueves, como yo. Nunca hemos hablado ni mucho menos, pero parece agradable. Tranquilo.

Cuando Lola me da un toquecito en el hombro me sobresalto. ¿Quién iba a pensar que estaría tan nerviosa?

Sostiene un lápiz y un trozo de papel y los mueve frente a mi nariz.

—¿Me oíste? —dice. Me está pidiendo que anote mi nombre y mi teléfono en el papel.

—No, lo siento —señalo mis aparatos auditivos.

—Había una niña en mi pueblo que era sorda —dice Lola luego de que le devuelvo el papel con la información. Virgil va a quedar muy confundido cuando lo reciba, pero… en fin. Lo hecho, hecho está—. La gente hablaba a su alrededor como si ella no estuviera prestando la menor atención. Supongo que pensaban que no tenía sentido ocultar sus secretos si ella no podía escucharlos. Pero ella lo *oía* todo —se inclinó hacia mí apuntando con el dedo al extremo de su ojo derecho, con su párpado arrugado—. Ella *oía* con los ojos.

Me pregunto qué tipo de secretos sabría esa niña.

—Yo también *oigo* con los ojos —digo.

—Lo sé —asegura Lola—. Puedo verlo —y me guiña un ojo.

# 30
## Smaug

¡**H**ay tantas cosas que uno puede hacer con un palo! Por eso a Chet le gustaban tanto. Servían para hurgar y golpear. O se podían blandir como un arma, una espada. Pero, lo más importante, al menos por hoy, era que se podía usar para cazar serpientes.

No había visto ni una sola piel de serpiente. Debería haber llevado a Davies en su excursión, para exigirle que le dijera exactamente dónde la había encontrado. Eso le mostraría quién es el que manda. Sólo que Chet no quería compartir la fama cuando capturara la serpiente. Esa gloria sería suya y sólo suya.

Se imaginaba cómo iba a suceder todo: él anudaría la funda de almohada con la serpiente sacudiéndose dentro, y luego llevaría ese envoltorio a casa como un vencedor triunfante. Insistiría en conservarla como mascota, y una vez que estuviera enroscada en su tanque, llamaría a Davies para mostrarle lo que había hecho con sus dos manos. Y esto es lo que le diría:

"La capturé con mis manos y nada más."

No estaba muy seguro de cómo reaccionarían sus padres ante la idea de tener una serpiente en la casa. Probablemente podría convencer a su madre. Creía que era capaz de convencerla de cualquier cosa, sobre todo si tenía el apoyo de su padre, pero no sabía qué opinaba él de las serpientes. A Chet le gustaba pensar que su padre no le temía a nada, pero sabía que todos tenemos alguna debilidad. Hasta él mismo. Chet jamás se lo diría a nadie, jamás, pero a pesar de ser la persona más valiente que conocía, les tenía miedo a los perros. No a los chiquitines que parecían chillar en lugar de ladrar, como los chihuahuas. Con esos podría alimentar a su serpiente, sin problemas. Eran los grandes a los que temía.

Había otras cuantas cosas que le asustaban. Como el hecho de no clasificar para el equipo de baloncesto, a pesar de lo mucho que practicaba. Ya había fracasado en las Ligas Menores de Beisbol, pues no había logrado batear ni una sola vez, y su escuela no tenía futbol americano, así que habría que esperar para intentar eso. El baloncesto era su mejor oportunidad de convertirse en deportista. *Si no te distingues en algo, no eres nada.* Ésa era una de las expresiones preferidas de su padre, y hasta ahora él era apenas promedio en todo. El deporte podría cambiar eso.

La serpiente también.

Por eso tenía un plan B en caso de que de sus padres no le permitieran tener a la serpiente de mascota.

Pediría a su padre que le sacara una fotografía, sosteniéndola en alto, tal como hacen los pescadores tras una hazaña. Y entonces enviaría la foto a Davies junto con un mensaje ingenioso, del tipo: "¿Y tú encontraste sólo la piel? ¿Por qué no me cuentas esa historia otra vez?".

Chet redactó mentalmente una serie de frases agudas, mientras caminaba por el bosque con su palo y su funda de almohada. Iba observando el suelo a su paso, en busca de lugares en los que pudiera ocultarse una culebra, como altos matorrales, donde quedaran protegidas.

—No podrás esconderte de mí —vociferó, como si las serpientes entendieran el idioma de los humanos.

Se preguntó qué nombre le pondría una vez que la capturara. ¿Cuál sería un buen nombre para una serpiente? ¿"Tóxica"? No, demasiado infantil. ¿"Cobra"? Demasiado obvio.

—Mmmm —dijo Chet, manoteando una pila de hojas al pie de un árbol—. Tal vez "Smaug", como el dragón que aparece en *El Hobbit*.

Sí, Smaug. Eso sonaba amenazante y adecuado para una serpiente. Además, los dragones y las serpientes probablemente tenían algún parentesco.

Al ver que nada salía reptando de entre las hojas, Chet siguió caminando y gritando:

—¡Smaug! ¡Ven aquí, Smaug! —como si estuviera llamando a un gatito. Cada vez que veía un montón de hojas y ramitas, lo golpeaba y atizaba con el palo, llamando a Smaug. Y el corazón no se le alteraba en absoluto. Chet sentía que era duro de veras.

Y entonces…

*Sssssssssssss.*

Se oyó un rumor entre las hojas, semejante al que había escuchado cuando descubrió a esta niña, Valencia. Se detuvo y miró alrededor. Era difícil saber de dónde provenía el ruido. Pero ya había dejado de percibirlo.

De repente, tuvo la clarísima sensación de que alguien lo observaba. O algo.

—¿Hola? —llamó, y su voz se oyó débil, así que trató de impregnarle más fuerza—: ¿Hay alguien ahí?

No hubo respuesta.

¿Sería esa chica sorda, oculta entre los árboles?

¿Sería que le estaba lanzando algún hechizo?

Aguardó.

Como nada sucedió, puso los ojos en blanco y murmuró "bueno, ya está". Hurgó nuevamente entre las hojas con su palo y oyó algo, esta vez en el suelo. Hizo una pausa, y hurgó de nuevo.

Se acercó un paso, de manera que la punta de sus zapatos rozaba las hojas. Estaba seguro de haber escuchado que algo se movía allí debajo. Sintió que la adrenalina le recorría el cuerpo. Sintió carne de gallina en los brazos, aunque hacía un calor de los mil demonios.

Tomó el palo con más fuerza y barrió las hojas con él.

No había esperado encontrar algo, no. Era cierto que había ido a cazar serpientes, pero llevaba horas en eso, y ahora todo esto se había convertido en una manera de matar el tiempo. No se había dado cuenta de que ya no esperaba encontrar a Smaug, hasta que la encontró.

La serpiente levantó la cabeza de inmediato. Tenía el grosor de una manguera de jardín y no era muy larga. En ese momento, Chet pensó que sabía muy poco sobre serpientes. Sabía cómo planeaba sujetarla, por la cola, obvio, para no tener que acercar la mano cerca de su boca. Pero no tenía la menor idea de si sería venenosa o no. ¿Acaso las serpientes pequeñas, como ésta, eran venenosas? ¿Cómo podía saberlo? Probablemente habría sido bueno hacer algo de investigación antes, pero ya no había tiempo. No podía sacar su teléfono y ponerse a averiguar en internet mientras tenía la mirada de Smaug encima. Ésta era una de esas oportunidades que sólo se presentan una vez en la vida. La serpiente estaba expuesta, esperando a ser atrapada. Éste era el momento.

Su corazón latía frenético.

—Es la adrenalina —musitó Chet—, no es el miedo sino la adrenalina.

La serpiente no estaba haciendo algo en particular. Se limitaba a mirarlo fijamente. No silbaba, ni se mecía hacia un lado y otro como un luchador de sumo. Estaba allí, inmóvil, con la cabeza erguida. Era como si aguardara a ser levantada para recibir un mimo. Como si estuviera destinada a convertirse en su mascota.

Era el destino.

Chet dejó el palo a un lado y abrió la funda con un movimiento melodramático.

Tomó aire y se acercó. En el preciso momento en que él se inclinó hacia el suelo, la serpiente retrajo la cabeza, y el chico apresuradamente la sujetó por la cola, con lo cual Smaug tuvo tiempo y espacio suficientes para columpiarse y, en un solo movimiento veloz, clavar sus colmillos en la piel gruesa y tosca del antebrazo del Bulldog.

Sintió como las garras de un gatito que le habían perforado la piel. Sabía cómo se sentía porque su primo tenía un gato muy malo. Pero una cosa eran los gatos y otra las serpientes, así que de inmediato soltó a Smaug, dejándola caer, y aulló, con la certeza total de que moriría en cuestión de cinco minutos.

Su antebrazo adquirió un color rosa intenso. La piel le ardía. Imaginó el veneno viajando por sus venas hasta llegar al corazón. ¿Quién encontraría su cuerpo? ¿La niña sorda? ¿El Retrasado? ¿Y cómo podrían saber por qué había muerto? Si alguno de ellos lo encontraba, al menos quería que supieran que había muerto luchando a brazo partido con un reptil despiadado.

Acunó su brazo y miró hacia donde estaba el animal. La funda parecía un balón desinflado junto a las hojas, y de pronto supo que no tenía idea de dónde se había metido Smaug. Había desaparecido. Chet se alejó unos cuantos pasos, buscándola. Y luego se sentó al pie de un sólido pino, a esperar la muerte.

# 31

## Sucesos impredecibles

—Virgil no estaba en casa, lo cual quiere decir que está en problemas, lo sé —dijo Kaori—. Tenemos que hacer la Ceremonia.

Tras regresar de la casa de Virgil, se habían dejado caer en el piso de la sala de los Tanaka para hablar del siguiente paso. También habían encendido el televisor, que había atrapado por completo la atención de Gen. *Mejor así*, pensaba Kaori. ¿Quién necesita las ideas de una niña cuando se debaten asuntos de vida o muerte?

Renée frunció el ceño al percatarse del televisor y dijo:

—Me cuesta distinguir sonidos con la tele de fondo. Hace que todo me llegue alterado —agitó las manos alrededor de sus orejas como si ésta fuera la señal universal para indicar "distorsión"—. ¿Te importa bajar el volumen?

Kaori miró enojada a su hermana:

—¡Baja el volumen a esa cosa!

Gen apagó el sonido, pero siguió con la vista clavada en el aparato.

—¿Dijiste algo de una ceremonia? —preguntó Renée.

La expresión de Kaori cambió a una de profunda seriedad. Enderezó la espalda y dobló las manos sobre su regazo.

—La Ceremonia de las cosas perdidas —contestó con solemnidad—. Es un ritual para ayudarnos a encontrar a Virgil. Pero no lo podemos hacer aquí. Tenemos que ir al bosque. La ceremonia sólo funciona cuando uno se une con la naturaleza, y aquí definitivamente no estamos en medio de ella —aludió al televisor con un gesto.

El reloj de pared, que en opinión de Kaori era un objeto espantoso y meramente práctico, anunciaba las dos y diecinueve minutos. Se preguntó cuánto tiempo tendría que pasar para poder considerar perdida a una persona. No había transcurrido tanto, pero hay muchas cosas malas que pueden suceder en tres horas y diecinueve minutos.

Kaori anticipó la siguiente pregunta de Renée: "¿Qué es la Ceremonia de las cosas perdidas?". A decir verdad, no tenía la más remota idea. Estaba segura de que había una ceremonia adecuada para ayudar a los médium a encontrar cosas o personas perdidas, pero no sabía cómo se hacía. No importaba. Se le ocurriría en el camino. Los ancestros la guiarían.

—No hay tiempo de explicar todos los detalles —se puso en pie rápidamente e hizo chasquear los dedos en dirección a su hermana. Gen volteó la cabeza, pero siguió con los ojos fijos en el aparato.

Kaori suspiró. En verdad Gen era más un problema que una ayuda. Kaori le había explicado que la televisión era demasiado práctica, demasiado tradicional, demasiado *cotidiana* para las niñas Tanaka, pero la pobre pequeña parecía no entenderlo.

—Gen —le dijo Kaori—, ve por los fósforos secretos de mamá. Vamos al bosque.

La señora Tanaka guardaba una caja de fósforos en el segundo cajón debajo del microondas. Los usaba para encender sus cigarrillos secretos, y estaba convencida de que los mantenía escondidos de sus hijas. Como si eso fuera posible.

—No puedes ocultarme nada, madre —le había dicho Kaori una vez—. Heredé la capacidad de ver más allá de las cosas.

—¿De quién la heredaste? —había preguntado su madre—. Nadie en ninguno de los dos lados de la familia ha estado siquiera remotamente interesado en esas cosas.

La señora Tanaka no sabía apreciar los linajes o las vidas anteriores, como las que se extendían a través de generaciones, de las cuales nadie sabía. Cuando Kaori imaginaba su nacimiento, se veía emergiendo de un revoltijo de lavanda, con el cabello oscuro y llena de rabia por la injusticia en sus vidas pasadas, de las cuales sabía que había cursado dos.

La primera vez que había poblado la Tierra había sido en el antiguo Egipto. Lo sabía porque se había enterado en un sueño. Se había visto andando entre las pirámides con una larga túnica blanca. ¿Qué otra explicación podía haber fuera de que alguna vez había caminado entre las pirámides en la vida real?

En su segunda vida había sido una luchadora por la libertad en Bangladesh. Lo sabía porque una vez había visto unos minutos de un documental en el televisor: cuando se mostraron imágenes de Bangladesh, le parecieron muy familiares y no podía explicar por qué. Probablemente hubiera podido enterarse de más si su papá no hubiera cambiado de canal. Había intentado explicarle que el documental era necesario para que ella pudiera explorar las transgresiones de sus vidas pasadas, pero a él le pareció una locura absoluta que las transgresiones de esas vidas pasadas ocurrieran precisamente durante la temporada colegial de baloncesto.

El hecho de que sus padres ignoraran su herencia secreta y sus poderes mágicos y místicos no quería decir que ella no los tuviera. Además, sus padres siempre habían sido monstruosamente poco imaginativos. Estaba lo del tabaquismo, por ejemplo. La señora Tanaka fumaba uno o dos cigarros a la semana en el jardín trasero, pero no tenía en cuenta que la ventana de la habitación de Kaori estaba en la dirección hacia la que soplaba el viento casi siempre, lo cual quería decir que el humo pasaba directamente por la Cámara de los espíritus.

No tenían consideración, ni idea.

Gen no se puso en movimiento para ir por los fósforos de inmediato. En lugar de eso demoró lo más que pudo en levantarse para así poder ver el final del programa. No se apresuró hasta que Kaori le llamó la atención de nuevo.

—¡Una misión salvavidas no espera a los cortes comerciales! —exclamó—. Además, tenemos que apresurarnos antes de que los señores Tanaka regresen a casa.

Gen seguía arrastrando los pies mientras Renée avanzaba hacia la puerta con el bolso colgado del hombro. Kaori tomó una de las velas decorativas de su madre, la sacó del candelero que había en la mesa, y se la embutió en el bolsillo trasero, para seguir a Renée hacia afuera.

Una vez que se abrió la puerta, Gen camino más aprisa. Tomó su cuerda de saltar y se la colgó del hombro.

—¿Por qué llevas esa cosa adondequiera que vamos? —preguntó Kaori—. No es que vayamos a saltar la cuerda entre los árboles.

—Uno nunca sabe cuándo pueda necesitar saltar la cuerda —dijo Gen.

Kaori puso los ojos en blanco.

—En serio que eres una maravilla.

Recibió los fósforos de su hermanita, y las tres salieron al sol ardiente.

—Hace calor —comentó Gen—, deberíamos cocinar un huevo.

Había oído en alguna parte que era posible cocinar un huevo sobre un coche o sobre el asfalto si hacía suficiente calor, y le había estado insistiendo a su hermana con el asunto desde entonces.

—No tenemos tiempo para detenernos a hacer experimentos de ciencias —contestó Kaori. Aseguró la puerta del frente y se metió la llave en el fondo del bolsillo. Renée ya había dado unos cuantos pasos hacia la calle.

—Romper un huevo toma apenas un instante —dijo Gen.

—¿Cómo puedes estar pensando en huevos en un momento como éste? —preguntó Kaori. Ambas hermanas siguieron a Renée, quien se detuvo a esperarlas frente al buzón de los Tanaka.

—Apuesto a que Virgil está bien —opinó Gen—. Probablemente fue un simple olvido. ¿Qué es lo peor que puede haber sucedido?

—No querrás que lo responda, ¿cierto?

—¿Adónde vamos exactamente? —se apresuró a preguntar Renée.

—Eso —dijo Gen—. ¿A dónde vamos exactamente con fósforos y una vela?

Kaori señaló al frente sin perder el paso, como un general que encabeza su tropa hacia la batalla.

—Hacia allá.

Cruzaron la calle y se internaron en el bosque, lado a lado, y Gen tiró de la manga de Renée.

—¿Esos audífonos te lastiman? —preguntó.

—A veces me producen comezón o se me incrustan demasiado en la oreja. Molestan un poco —contestó Renée.

Los árboles trajeron sombra y el alivio del calor. Kaori observó a su alrededor, pensando. No estaba muy familiarizada con el bosque. A decir verdad, le asustaba un poco. El bosque estaba lleno de cosas impredecibles… Criaturas que mordían, ramas que caían, insectos que picaban. Prefería la comodidad de su casa, donde siempre sabía qué esperar. Pero no tenía otra salida. No es que fueran a encontrar a Virgil escondido bajo uno de los cojines del sofá.

—¿Y por qué tienes que leer los labios si usas los audífonos? —preguntó Gen.

Varias ramitas crujieron bajo sus pasos.

—No me permiten oír todo con claridad, como escuchas tú. Tengo que encajar los sonidos en la forma que trazan los labios, como un rompecabezas —dijo Renée, mirando a Gen y luego al bosque—. Y después tengo que hacer encajar los sonidos y las formas con la situación, porque muchas palabras se parecen cuando uno lee los labios. Como gato y pato, y otras.

—¿Naciste sorda?

—No, podía oír un poco. Fue así que aprendí a hablar, pero luego perdí la audición por completo.

—¿Será que a mí me puede pasar lo mismo?

—No lo creo.

—¿Podrías leer los labios a distancia si tuvieras binoculares o un telescopio?

Kaori no lo soportó más. ¿Cómo iba a compenetrarse con el bosque sí Gen no cerraba el pico?

—Deja de hacer tantas preguntas —le riñó. Oyó un zumbido cerca de su oreja y lanzó un manotazo.

Gen la miró sin entender.

—¿Por qué?

—Porque es de mala educación.

—A Renée no le molesta —Gen levantó la cabeza para mirarla, y le dio un toquecito en la mano—, ¿verdad?

—Pero a mí sí —dijo Kaori—. Necesitamos concentrarnos y tanto bla bla blá no ayuda.

A Kaori no le gustaba reconocerlo, pero le agradaba tener a Gen como su segunda al mando, porque eso significaba que ella era la primera, siempre estaba al timón. Pero Renée parecía ser una de esas personas que toman el mando naturalmente. Iba al frente del grupo, aunque no tenía ni idea de qué era lo que buscaban. Kaori hubiera llegado a apostar lo que fuera a que su signo era leo.

—Paremos aquí —dijo.

Gen se detuvo. Y luego Renée. Ambas miraron a Kaori con curiosidad.

—Para poder hacer la Ceremonia como se debe, necesitamos un tipo especial de piedra —dijo, con toda la autoridad que pudo reunir.

—¿Como las cinco piedras que le dijiste a Virgil que consiguiera? —preguntó Gen.

—¿Cuáles cinco piedras? —preguntó Renée, mirando a una y a otra hermana.

Kaori no hizo caso de la pregunta. No había tiempo de explicar detalles nimios.

—Necesitamos sólo una. Un ágata piel de serpiente.

Renée ladeó la cabeza.

—¿Dijiste ágata piel de serpiente?

—Así es, ágata piel de serpiente —repitió Kaori.

—¿Qué es? —preguntó Gen.

—Es una piedra que puede ser tan pequeña como un huevo de paloma —Kaori abrió la mano como si el trozo de ágata fuera a aparecer como por arte de magia allí—. Es una piedra con escamas. Por eso se llama así.

Renée frunció el ceño.

—Nunca encontraremos una de ésas en este bosque.

—¿Cómo lo sabes? —preguntó Kaori—. Hay todo tipo de piedras y cosas por aquí.

—Porque ese tipo de ágatas se encuentran casi siempre en el lecho de los ríos o en playas… en lugares en los que hay agua —Renée miró alrededor, a las ramitas secas y los altos árboles—. Aquí no hay agua, hasta donde podemos ver.

Gen se cruzó de brazos y miró a Kaori levantando las cejas:

—¿Ahora qué?

Kaori no supo qué decir. Hasta donde sabía, Renée tenía razón. Al fin y al cabo, jamás había visto un ágata piel de serpiente en persona, pero había examinado innumerables páginas de gemas en internet, y sabía cuáles se usaban para qué. Este tipo de ágata ayudaba a encontrar cosas perdidas. Y Virgil estaba perdido; quizá no para sí mismo, pero sí para ella. Y a pesar de que Virgil era un poco tonto y ridículo, ella quería saber que estaba vivito y coleando.

—Me imagino que no necesitamos encontrar precisamente un ágata piel de serpiente —dijo Kaori—. Quizá sirva algo que se le parezca. Quiero decir, se supone que ésa es la gema que uno debe usar, pero imagino que podemos buscar una piedra que parezca tener escamas. Algo semejante. Tal vez nuestra energía sea suficiente para compensar.

Gen miró a Renée, calibrando su reacción.

—¿Y tú qué crees? —le preguntó.

Kaori frunció el ceño. Jamás había oído que su hermanita preguntara la opinión de alguien más frente a ella. Ni siquiera de sus padres.

Renée observó con cuidado la cara de Gen, y luego miró a Kaori. Transcurrieron unos momentos antes de que hablara:

—Si tu hermana dice que debemos buscar una piedra con algo que parezca escamas, supongo que eso es lo que debemos hacer.

Los hombros de Kaori se relajaron. Algo se transmitió entre las niñas grandes, una especie de acuerdo mutuo que no hacía falta explicar en palabras, y Kaori, por ser una persona dotada de clarividencia, apreciaba mucho esas cosas. Le sonrió a Renée, muy brevemente, y la otra asintió.

Fue entonces que oyeron los gritos.

# 32
## Lo peor que se puede decir

Si Pah no lograba atraparlo primero, Virgil supo que podría sucederle una de tres cosas: morir asfixiado, morir de hambre o morir de sed, y no sabía cuál le parecía peor.

Tal vez las tres llegaran a suceder. Quizá dejaría de respirar y su estómago haría ruidos hasta que su corazón se detuviera y su garganta se cerraría, completamente seca, y todo pasaría al mismo tiempo.

Al fin y al cabo, ¿cuánto aire había en un pozo abandonado?

¿Era una cantidad reducida?

¿Acabaría por terminarse?

¿Volvería Pah?

Un ejército de lágrimas brotó de sus entrañas. Cerró los ojos con fuerza para impedir que salieran y luego miró arriba, muy, muy arriba, tratando de ver si había manera de que el aire entrara desde afuera. Pero estaba completamente a oscuras. Si la luz no podía entrar, ¿cómo iba a hacerlo el aire?

—No es que importe mucho —dijo Virgil—, porque voy a morir de hambre de todas formas.

Le ofreció a Gulliver un diente de león. No podía verlo, pero sentía el tironeo de los dientes de su conejillo de Indias contra el tallo y oía el leve ruido que hacía al masticar y tragar.

—Lo siento, Gulliver —dijo—: por culpa mía estamos en un gran problema.

Lo que sucedió después fue inevitable.

Estaba escrito que sucedería, incluso si él no lo quería.

¿Honestamente? Lo mismo le sucedería a cualquiera.

Virgil empezó a llorar.

Las lágrimas subieron de algún lugar en lo profundo de su vientre, viraron por su garganta, y luego salieron como agua de una llave que gotea. Trató desesperadamente de detenerlas. Odiaba llorar. Detestaba cómo le quedaba la cara, mojada y con los ojos hinchados, y la irritación en la garganta, pero no había manera de detenerlas. Las lágrimas brotaron cada vez más abundantes, feroces, hasta que la llave ya no goteaba, sino que dejaba salir un chorro, y Virgil tenía que recuperar el aliento entre sollozos. Quizás era un momento de debilidad, o se estaba portando como un bebé, o como una tortuga galápago asustada. ¿Y qué? Tenía miedo. Estaba atrapado en un pozo sin amigos que acudieran en su auxilio, y tenía miedo.

Alguna vez había oído que, justo antes de morir, uno ve pasar la vida como un relámpago ante sus ojos. No es que estuviera muriéndose, pero le llegaron unos cuantos destellos. Pensó en Lola. Pensó en sus manos que se sentían como si fueran de papel. Pensó en todas las historias que contaba, en cómo había elogiado sus dedos para decirle que debía convertirse en pianista, y cómo le había contado de Pah y el niño de piedra y la reina del Sol. Lástima que jamás le hubiera contado un cuento sobre cómo escapar de un pozo. Y ahora nunca se lo contaría.

Pensó en sus padres y en sus hermanos. En la manera en que hablaban, como si siempre emplearan signos de admiración, en cómo siempre lo molestaban por ser demasiado tímido, demasiado callado, y pensaban que era una tontería que temiera a la oscuridad. Pensó en que solía imaginarse que había llegado flotando en un río como Moisés, y que su mamá lo había encontrado. Tal vez lo había recogido para decir: "¡Qué es esto! ¡Un bebé sin padres! ¡Lo llevaré a casa de inmediato!" (todo con esos signos de exclamación propios de su usual entonación). Y entonces fue a casa con ella y todos supieron pronto que no encajaba del todo allí pero que no había problema porque todos lo adoraban. Y él también los quería mucho, por supuesto, aunque no los entendiera. Y ahora ya jamás los entendería.

Y pensó en Valencia.

Se limpió los mocos que le escurrían de la nariz con el dorso de las manos y los embarró en sus pantalones. Normalmente no hubiera hecho semejante cosa, pero las reglas no importaban ahora. Se estaba asfixiando en una tierra de oportunidades perdidas, en la que debería haberle hablado a Valencia, y decirle a Lola que la quería, y debió haber tratado de entender a sus padres y a sus hermanos, y agradecerle a Kaori por ser tan buena amiga. Y ahora era demasiado tarde para todo eso.

Pah llegaría, de eso estaba seguro. E incluso si no venía para arrebatarle a Gulliver como un bocadillo antes de atacar el plato principal, no había esperanza alguna.

Trató de tomar aire, jadeante. Lloró hasta que se le secaron las lágrimas. ¿Cómo podrían encontrarlo? El Bulldog era su única esperanza de rescate, y había muy pocas probabilidades de que eso sucediera. Para este momento, era muy posible que se hubiera olvidado de él. O tal vez ya habría regresado a su guarida para anotar en su diario de maldades: *Primer día de vacaciones de verano, dejé a Virgil Salinas atrapado en un pozo.*

Le dolían las mejillas. Le ardían los ojos. La nariz le punzaba.

Llorar era doloroso. Por eso detestaba hacerlo.

—Llorar hace bien al alma —dijo Ruby con voz suave—. Significa que es necesario desahogarse. Y si no te liberas de eso que te está ahogando, empieza a pesar sobre ti hasta que ya no puedes moverte.

—No me queda más por hacer —dijo Virgil. Su voz se oía ronca de tanto llorar.

—¿Por qué no intentas gritar de nuevo?

Virgil se presionó los ojos con las manos.

—Es inútil. Nadie puede oírme.

—De todas las cosas que puedes decirte en la vida, nunca digas "Es inútil". Es lo peor que puedes decir —lo amonestó Ruby.

—Estás igual que Lola.

—¡Qué bien!

—La extraño —pronunció en voz baja, avergonzado incluso ante sí. Pero era algo que necesitaba expulsar. Cuando uno dice las cosas en voz alta, se libera de ellas. Lola se lo había dicho una vez, pero no parecía que hubiera funcionado, porque seguía echándola de menos.

—¿Y quién dice que no volverás a verla? —preguntó Ruby.

—¿Y tú qué sabes? Nadie va a encontrarme jamás. Nadie va a rescatarme. Es inútil.

—Bayani, de todas las cosas que puedes decirte en la vida, jamás digas "Es inútil".

—Bueno. "Es demasiado tarde", ¿eso sí?

Ruby suspiró. El sonido viajó como un rizo de humo invisible.

—Eso suena aún peor —dijo.

Virgil descansó como un bulto contra la pared. Quería poder dormir para no sentir hambre, pero no se sentía capaz. No, sabiendo que Pah andaba por ahí, en algún lugar. Tal vez estaba justo sobre su cabeza en ese momento, vigilando. A la espera de lanzarse en picada. Volando en círculos como un buitre. No se atrevía a levantar la cabeza para mirar hacia arriba. En todo caso, estaba demasiado oscuro.

Justo como le gustaba a Pah.

Virgil contuvo la respiración.

¿Era eso una pluma rozándole la mejilla?

¿Y aquello, un aleteo?

Se cubrió los oídos con las manos.

—Prueba gritar de nuevo, pidiendo ayuda —dijo Ruby.

—No quiero hacerlo… podría…

—¿Podría qué?

*Podría llamar la atención de Pah, en su percha invisible, y hacerlo venir directamente hacia nosotros.*

—Ya te he dicho que sólo aparece, y aumenta de tamaño, cuando le temes —dijo Ruby—, olvídalo. Y grita. Hazlo por mí.

Virgil dejó caer las manos, despacio. Todo estaba en silencio.

—No puedes darte por vencido —lo animó ella.

—Siempre llega el momento en que uno tiene que darse por vencido. Es la verdad y nada más que la verdad.

—Dame un ejemplo —pidió Ruby.

—Estoy demasiado cansado para pensar en un ejemplo.

—No esquives la pregunta sólo porque no quieres pensar en la respuesta.

Virgil suspiró.

—Bien. Digamos que estás corriendo en una carrera, que además es una carrera muy, muy larga. Y te inscribes porque estás convencido de que puedes llegar al final. Entrenas durante meses, o tal vez años. Y llega el día de la carrera y corres y corres. Y de repente, sientes las piernas muy cansadas. Y estás deshidratado. Y a duras penas puedes respirar. Y la meta está todavía lejos. No puedes seguir. Empiezas a vomitar. Sabes que si continúas vas a caer muerto. Así que paras. Y te sientas a un lado del camino para no morir. Tienes que darte por vencida porque si no…

—¡Es un ejemplo pésimo! —dijo Ruby de inmediato.

Virgil frunció las cejas. Miró furibundo hacia la oscuridad.

—No es un mal ejemplo.

—Sí, lo es.

—¿Por qué?

—Porque la persona de la que hablas no se dio por vencida. Darse por vencida habría sido nunca empezar la carrera.

Virgil suspiró de nuevo.

—Quiero dormir. ¿Puedes quedarte aquí, vigilando?

—Sí, si pides ayuda a gritos una vez más.

—¿Me prometes que lo harás?

—Te lo prometo, Bayani. Grita con todo lo que tengas.

Virgil tomó una enorme bocanada de aire. Llenó su pecho, abrió la boca y gritó.

Gritó hasta perder el aliento.

# 33

## Tanaka & Somerset

—¿**O**yeron eso? —preguntó Kaori. Tenía las manos levantadas, las palmas hacia afuera para indicar que todas debían quedarse quietas donde estaban.

—¿Gen abrió mucho los ojos y palideció. Dio un paso hacia su hermana. Luego otro.

—Yo sí lo oí.

—¿Qué? ¿Qué pasó? —dijo Renée mirando a una y otra.

—Sonó como si... —miró hacia diversos puntos del bosque sin mover más que los ojos.

—Como alguien pidiendo ayuda —completó Kaori.

Las cejas de Renée se levantaron.

—¿Se refieren a que oyeron gritar a alguien? ¿Están seguras?

—Sí —respondieron al unísono.

Kaori señaló hacia occidente.

—Los gritos provenían de allá.

Sin decir más, las tres caminaron en esa dirección. Una docena de imágenes cruzaron por la mente de Kaori. Imaginó…

A Virgil al pie de un sauce llorón, acurrucado, sosteniendo una pierna fracturada.

A Virgil sentado en la rama más alta del árbol más grande, atrapado, como un gato (aunque ella sabía bien que él ni siquiera llegaría al punto de treparse a un árbol, ni alto ni bajo).

A Virgil tendido junto a una piedra grande con un chichón en la cabeza.

Pensó en Virgil solo. Jamás se imaginó que tras caminar un par de minutos se encontrarían con algo completamente diferente: un muchacho raro, que ella no conocía, sentado en el suelo y recostado en un pino con una camiseta blanca enrollada alrededor de su brazo fornido.

Cuando él las vio, su expresión cambió de asustada y llorosa a asustada y molesta. Miró a Kaori, a Gen y luego a Renée. Al verla, puso cara de estoicismo y ya no parecía la persona que había gritado.

—¿Qué haces aquí? —preguntó irritado.

Era evidente que se conocían. Al menos eso fue lo que la clarividencia de Kaori le indicó en ese momento.

—¿Fuiste tú quien gritó pidiendo ayuda? —preguntó Renée con voz aburrida.

El chico resopló y volteó para otro lado. Apretó el brazo contra su pecho. Las tres niñas supieron de inmediato que había sido él, aunque espetó un "no" muy poco convincente.

—¿Qué te pasó en el brazo, entonces? —le preguntó Gen, ya con algo de color en las mejillas. Señaló el vendaje improvisado. Kaori ahora se dio cuenta de que era una funda de almohada y no una camiseta.

—Me mordió una serpiente, si es que les interesa saberlo —sonaba muy orgulloso—. Era gigantesca, como una cobra. Prácticamente me arrancó el brazo.

—¿En serio? —preguntó Gen, fascinada.

—Ajá —su mirada las abarcó a las tres de una sola barrida—. Probablemente moriré si no me llevan a un hospital o algo así. Estoy seguro de que era una víbora venenosa.

Renée le entregó su mochila a Gen y se arrodilló cerca de él. Las hojas en el suelo se deslizaron bajo sus rodillas. Le tendió ambas manos haciéndole ademán de que le mostrara la herida, como haría una madre que lidia con un chiquillo malcriado.

—¿Qué vas a hacer? —el muchacho se resistió a mostrarle su brazo herido y lo alejó—. ¿Brujería o algún hechizo?

Renée hizo un gesto de exageración, poniendo los ojos en blanco.

—Sé bastante de mordeduras de serpiente, así que déjame ver tu estúpido brazo.

—Jamás.

Renée dejó caer las manos y se encogió de hombros.

—Muy bien, pero debes saber que si mantienes la camiseta o lo que sea que tienes envuelto ahí en tu brazo, tal vez tengan que amputártelo. Se supone que la herida no debe cubrirse.

El chico resopló de nuevo.

—Estás loca. Se supone que las heridas hay que cubrirlas y vendarlas siempre. Todo el mundo lo sabe.

—Cuando cubres una herida por mordedura de serpiente, eso mantiene la piel caliente y atrapa la humedad dentro. Esa humedad hace que las bacterias se reproduzcan. Y entonces infectan el brazo. Luego, la infección se extiende y... —hizo un movimiento de cortar con la mano, contra su propio brazo—. Por eso se supone que no debes cubrirla. Además, no creo que fuera una serpiente venenosa.

—¿Y cómo lo sabes? —preguntó Gen. Parecía decepcionada, como si fuera mucho más interesante conocer a alguien al borde de la muerte por una mordedura de serpiente venenosa que a un niño tonto que se produce una infección en el brazo.

Kaori lo observaba todo con interés. Renée parecía saber mucho sobre la naturaleza y los animales. Quizá sería bueno asociarse para hacer negocios. Kaori podría leer la suerte y proporcionar orientación espiritual, y Renée ayudaría con encantamientos, o algo parecido. Si Kaori necesitaba una piedra específica,

Renée sabría exactamente dónde encontrarla. Podían inventar un buen nombre para su negocio. Pero no Kaori y Renée, pues no tenía gracia. Algo bueno, que sonara a nombre adulto y comercial. Sus apellidos. Tanaka y...

Kaori dio un toquecito a Renée en el hombro cuando el muchacho levantó el brazo de mala gana.

Renée volteó para mirarla de frente.

—¿Cuál es tu apellido? —le preguntó—. Es simple curiosidad.

Renée hizo una pausa para luego contestar:

—Somerset.

¡Tanaka & Somerset! Sonaba increíblemente bien. Perfecto. Como un auténtico negocio.

Ya podía imaginarse el letrero, colorido y relumbrante. Casi podía sentir las luces destellantes que le quemaban la vista: *Tanaka & Somerset. Tanaka & Somerset. Tanaka & Somerset.*

Cuando Renée hizo a un lado la funda de almohada para dejar la mordedura al descubierto, Gen se acercó para acurrucarse a su lado.

—¿Y esto es todo? —preguntó—. ¿Ésa es la terrible mordedura?

Kaori miró la herida. También había esperado ver algo mucho más grave, como un bulto hinchado del cual brotara pus y mucosidad, pero el brazo estaba enrojecido y eso era todo. Ni siquiera podían verse las marcas de los colmillos.

—¡Eso no es nada! —dijo Gen.

—Claro que no —reviró el muchacho—. Cuando me mordió, la atrapé con tal fuerza con la otra mano que no alcanzó a hacer más daño. Me saqué los colmillos del brazo, le torcí el cuello y la tiré por ese viejo pozo.

Renée miró a Kaori con cara de no creer lo que decía el chico.

—¿Cómo sabes que no era venenosa? —preguntó Gen a Renée, pero ella no oyó porque estaba concentrada mirando el brazo, y no a Gen.

—Hey —dijo el chico, moviendo el brazo para llamar la atención de Renée. Ella levantó la vista. Kaori pensó que de esos ojos habrían podido salir rayos láser, de ser posible—. Esa niña tonta te preguntó algo.

Gen tomó la cuerda de saltar que llevaba al hombro como si fuera un látigo, sólo que no parecía muy amenazante porque era de color rosa y con pegatinas de caritas felices en el mango en ambos extremos.

—¿Qué dijiste de mí?

El chico no le hizo caso y le repitió la pregunta a Renée. Sostuvo el brazo contra su pecho como si fuera una joya muy preciada.

—Porque eso a duras penas es una mordedura. Podría ser también una picadura de avispa —Renée enumeró con los dedos—: No se te está cerrando la garganta, no tienes fiebre, ni convulsiones, sólo estás ahí sentado, hablando con nosotros como el cabeza de chorlito que eres. Seguramente te mordió una serpiente de agua u otra común. O tal vez una culebra corredora, o algo así.

—Lo que sea, sordita —se levantó del suelo.

—¿Cómo te las arreglaste para que te mordiera una serpiente? —preguntó Kaori, tratando de hacer que su tono de voz fuera lo más conciliador posible.

—He pasado casi todo el día en cacería de serpientes —dijo—. Eso es lo que hago. Cazo serpientes y las mato con mis manos desnudas —le mostró las manos.

—¿Y se supone que debo estar impresionada? —preguntó Kaori—. A mí me parece que tienes algún problema mental.

Renée también se incorporó.

—Deberías volver a tu madriguera y lavar esa pequeña herida con agua tibia, primero, y con jabón neutro, después. No querrás que se te infecte, porque si lo hace… —realizó nuevamente el gesto de cortar—. A propósito, mi nombre es Valencia y no "sordita".

Gen y Kaori cruzaron una mirada de confusión.

*Valencia.*

—Pensé que te llamabas Renée —dijo Gen, hablando en nombre de las dos. Pero Valencia ya se había volteado y estaba mirando a la víctima de la mordedura mientras se alejaba del lugar, así que no se enteró.

# 34
## Valencia

**D**ebo reconocer que fue un poco decepcionante descubrir que la serpiente no era venenosa. No es que quisiera que a Chet se le cerrara la garganta hasta dificultarle la respiración ni algo parecido (a nadie le desearía eso), pero un brazo infectado por veneno de culebra, y una visita de pánico a la Sala de Urgencias, habría estado bien. Pero entonces Chet tendría una historia sustanciosa y dramática para contar, así que probablemente todo estaba mejor así. Podía imaginármelo: *No, hombre, tuve que ir a Urgencias y casi muero. Durante un rato estuve al borde de la muerte. Los médicos dijeron que había tenido suerte de matar a la cobra en el momento en que lo hice. Lo bueno es que tuve la suficiente fuerza para vencerla y arrojarla a ese pozo.*

Pero también podía ser que acabara contando esa misma historia de cualquier manera.

Una vez que Chet se marcha, recojo la funda de almohada como si fuera un calcetín usado. No me encanta la idea de sostener algo que estuvo en contacto con el sudor de Chet, pero ya he ensuciado el bosque con los tazones de mi madre. Lo mínimo que puedo hacer es deshacerme de este objeto atroz de alguna manera. No quiero que una familia de ardillas lo vaya a encontrar. O Divino. La idea de Divino arrebujándose con algo como esta funda de Chet no me agrada.

Cuando miro de nuevo a Gen y a Kaori, parecen confundidas, como si de pronto no supieran quién soy.

—Deberíamos hacernos socias —dice Kaori.

—¿Qué? —pregunto. No puedo haber oído algo así.

—Deberíamos asociarnos —dice Kaori—. Yo sé del mundo de los espíritus, y tú sabes del mundo de la naturaleza. Es la combinación perfecta. Quizá por eso el destino nos reunió, para hacernos amigas.

*Amigas*. Hay un dejo en la manera de decir esa palabra que me hace sentir que he encontrado algo especial. Ya sé que suena cursi pero, en ese momento, con esa simple palabra, me siento como otra persona. ¿Podrá ser posible?

—O puede ser simple casualidad —planteo.

—Las casualidades no existen —exclaman Gen y Kaori al unísono.

Por alguna razón, eso nos hace reír a todas, y ya no me molesta cargar la asquerosa funda de Chet en una mano.

Cuando terminamos de reír, Kaori se pone seria.

—Pero primero —empieza—, tienes que decirnos la verdad en relación con una cosa —ella y Gen se miran. Gen aún sostiene mi mochila, así que le tiendo la mano para recibirla—: ¿En verdad te llamas Renée?

Enderezo la espalda todo lo que puedo, y me cuelgo la mochila.

—No —respondo—. Me llamo Valencia. Valencia Somerset —y lo digo como si fuera un grito de guerra.

# 35

# V. S.

Kaori estaba segura de nunca antes haber oído el nombre de Valencia Somerset, pero algo le resultaba conocido en él. Era como un *dèjá vu*. Algo en su cerebro se encendió para indicarle: *Esto es importante, presta atención.* Pero no podía entender de qué se trataba. Apretó los labios y trató de forzar una respuesta en su visión, pero nada surgió. Se sentía tan cerca, a punto de entenderlo, como si pudiera estirar la mano y tocar la respuesta, si tan sólo supiera qué era.

*Valencia Somerset.*

Renée había enderezado la espalda al anunciar su verdadero nombre, como si estuviera orgullosa de él. A Kaori también le gustaba su nombre. Era algo fundamental sentirse seguro y confiado del nombre que uno llevaba, y eso lo creía Kaori desde el fondo de su corazón.

—Deberíamos seguir buscando la piedra —dijo—. Virgil lleva horas perdido. Sigamos adelante con lo nuestro.

La expresión de Gen se iluminó.

—¡Lo tengo! Quizá no necesitemos el ágata piel de serpiente porque ahora tenemos una mordida de serpiente real —señaló la funda de almohada que Valencia seguía sosteniendo entre el índice y el pulgar—. Bueno, en realidad no es una mordedura de serpiente en verdad, pero sí un poco de *jugo* de mordedura de serpiente. ¡Eso debe servir de algo! —miró a su hermana con expectativa.

*Mmmm*, pensó Kaori. Tal vez Gen tenía razón. Seguro que la saliva proveniente de la *boca* de una serpiente verdadera tenía que contar más que una piedra, ¿cierto? Tenía lógica.

—¿Y tú qué opinas? —preguntó Kaori a Valencia. Jamás de los jamases en todos los días de su vida, y ni siquiera en los de sus vidas pasadas, había preguntado a otra persona su opinión o pedido consejo, pero si iban a ser socias, éste era un buen momento para empezar. Kaori sabía de la importancia de la colaboración a la hora de emprender un negocio.

Valencia asintió.

—Tiene lógica.

Pero fueron interrumpidas cuando el teléfono de Valencia emitió un zumbido. La vibración era tan intensa que en un principio Kaori pensó que provenía de su propio teléfono.

—Es mamá —dijo Valencia cuando leyó el mensaje en el teléfono. Lo dijo en un tono que sonaba como si le acabaran de encomendar una tarea que le llevaría horas terminar—. Quiere saber dónde estoy, ¡uy! —puso los ojos en blanco. La funda colgaba inerte a su lado. A Kaori le recordó las imágenes que había visto en la clase de historia, de cuando la gente ondeaba banderas blancas para rendirse.

—¿Tienes que ir a casa? —preguntó Gen, con voz quejumbrosa y pesarosa por la frustración.

—Técnicamente, sí —respondió Valencia.

Kaori estaba a punto de decir que la Ceremonia no tomaría mucho tiempo y que tal vez Valencia podría demorarse otros quince minutos antes de salir corriendo, pero en ese momento las campanas del monasterio budista sonaron y Kaori tuvo que revisar también su teléfono. Era su mamá… como si los padres siempre funcionaran en la misma frecuencia de onda o algo parecido.

—Es la señora Tanaka —le dijo a su hermana.

Pero el mensaje no preguntaba dónde estaba o a qué hora volvería a casa.

De casualidad has visto a Virgil Salinas?

A Kaori el corazón le dio un brinco. El hecho de que su madre estuviera preguntando significaba que alguien le había preguntado a ella, lo cual quería decir que era el papá o la mamá de Virgil, o sus hermanos, o Lola, cosa que indicaba que ellos tampoco sabían dónde estaba. Lo cual quería decir que ésta era una emergencia de alerta roja y proporciones épicas.

Kaori respondió el mensaje.

> No. Se suponía que debía reunirse conmigo a las 11 pero nunca llegó.

Empezó a escribir más detalles… Que lo estaban buscando en este preciso momento, que iban a hacer una Ceremonia, etcétera, pero si lo hacía, la señora Tanaka bien podría decirle que volviera a casa con Gen en ese preciso momento, así que borró las últimas palabras que había tecleado y aguardó la respuesta de su madre.

—Me pregunta si sé dónde está Virgil —dijo Kaori, y sonó tan malhumorada como se sentía.

Algo no andaba bien.

Algo no andaba para nada bien.

—Eso significa que sus padres lo están buscando —se volvió hacia Gen—. Así que no se demoró en casa, como pensamos inicialmente. Y no ha pasado por su casa desde que Renée, perdón, Valencia, estuvo allá.

Gen frunció el ceño. Las tres guardaron silencio unos momentos, hasta que la cara de Gen se iluminó de pronto, como ya había pasado antes.

—¡Pues quizá se fue con V. S.! —dijo—. Tal vez huyeron juntos, como en las películas.

—Eso es imposible —exclamó Kaori—. Ayer a duras penas podía pronunciar esas iniciales sin tartamudear.

El teléfono de Valencia vibró de nuevo.

—No es imposible —dijo Gen mientras Valencia escribía un mensaje—. Quizá le envió a ella un mensaje anoche, o esta mañana, y en este momento están juntos, comiendo palomitas de maíz, solitos ellos dos.

—Ves demasiada televisión —dijo Kaori—. No hay manera de que Virgil hubiera huido con V. S. Eso sí que no tiene…

Se interrumpió en mitad de la frase.

—¿Qué sucede? —preguntó Gen.

Ahora entendía el *dèjá vu*.

Ya sabía por qué el nombre de Valencia le resultaba conocido e importante.

*Valencia Somerset.*

Kaori dio un toquecito a Valencia en el brazo. Cuando volteó a mirarla, le preguntó:

—¿Qué signo eres?

Valencia hizo a un lado el teléfono y levantó una ceja.

—¿Por qué?

—¿Eres escorpión?

Valencia titubeó.

—Sí. ¿Cómo lo sabes?

—¿Y todos los jueves vas a clases especiales en tu escuela?

Valencia inclinó la cabeza hacia un lado con expresión de sospecha.

—Sí, ¿por qué?

Gen dio tres brincos.

—¡No puede ser, Kaori! ¡*Ella* es V. S.! ¡Es V. S.!

—Así es —dijo Kaori con un tono serio de ejecutiva—. ¡Ella es V. S.!

—¿Qué está pasando? —preguntó Valencia, intrigada—. No entiendo de qué hablan.

Kaori se movió rápidamente para quedar junto a su hermana, y luego le cubrió la boca con una mano.

—No podemos decirte.

—¿Por qué no?

—Porque no.

—Ésa no es una respuesta —dijo Valencia—. Obviamente tiene algo que ver conmigo, así que merezco saber de qué se trata —miró a Gen—. ¿Qué es lo que sucede?

—No podemos decirte porque eso interrumpiría la labor del destino —dijo Kaori. Su mano seguía cubriendo la boca de Gen.

Valencia parecía estar a punto de soltar una carcajada.

—Hablo en serio —dijo Kaori—. El destino se ha ocupado de todo lo que ha pasado en este día, hasta el momento. Lo veo muy claro ahora mismo.

—Vamos, dime —dijo Valencia.

—Ya lo entenderás cuando encontremos a Virgil.

Kaori alcanzaba a percibir la expectativa y la emoción de Gen que hervía bajo la palma de su mano, a punto de explotar.

Valencia apoyó ambas manos en sus caderas.

—No te voy a ayudar, a menos que me cuentes.

—¿Y qué pasa si su vida corre peligro? ¿Lo pondrías en mayor riesgo sólo porque no te cuento algo?

Valencia no pudo continuar. Dejó caer ambos brazos a los costados.

—Supongo que tienes razón —y estiró un dedo apuntando a Kaori—, pero promete que me contarás una vez que lo encontremos.

Kaori soltó a Gen para llevarse la mano al corazón.

—Te prometo que lo entenderás cuando lo encontremos.

—*Si* es que lo encontramos —agregó Gen.

—Cuando lo encontremos —corrigió Kaori—. Dije *cuando*.

# 36
## Tal vez

Virgil estaba cansado. Así de simple era la cosa. Seguía asustado, con hambre y sed, pero sobre todo se sentía agotado. Había estado en lo cierto desde el principio. No tenía sentido gritar pidiendo ayuda porque nadie podía oírlo. Nadie iba a acudir. Todas esas horas de terror lo habían dejado exhausto. Estaba demasiado cansado incluso para preocuparse por Pah.

*Bayani, de todas las cosas que puedes decirte en la vida, jamás digas "Es inútil". Es el peor consuelo que te puedes llegar a dar.*

¿Y qué iba a saber Ruby?

Ya que había llegado el final para Virgil y Gulliver, el muchacho abrazó su mochila y decidió dormir un poco. Pero no quería dormirse pensando en todas las maneras en las que había fracasado en la vida, así que prefirió imaginar lo que haría distinto en caso de que llegaran a rescatarlo.

Lo primero: enfrentaría a su madre para decirle: "Ojalá no volvieras a decirme Galápago nunca más". Y entonces ella estaría de acuerdo, y él podría ser Virgil o Virgilio simplemente, o lo que fuera. O la familia podría inventar un nuevo apodo para él, como Bayani.

Lo segundo: la próxima vez que el Bulldog lo llamara "Retrasado", él le respondería: "Si me vuelves a decir así, te vas a arrepentir". Su voz no temblaría en absoluto. Y no sólo lo diría, sino que estaría firmemente convencido. Quizás hasta pelearía con él. O tal vez no tendría que hacerlo porque el Bulldog sabría que hablaba en serio, y no hacía falta más.

Lo tercero (y más importante): le hablaría a Valencia, así fuera un simple "hola". Una sola palabra. Eso es lo que se necesitaba para empezar una amistad, ¿no? Una palabra marcaba toda la diferencia.

La pronunció ahora, con voz cansada y triste:

—Hola. Hola. Hola.

Se oía amortiguada, angustiada. Es que así eran todas las cosas allá abajo.

—Estoy cansado —pronunció, sin tener a nadie a quién decírselo—. Voy a dormir. No me importa si Pah viene a comerme —echó la cabeza atrás—. ¿Me oyes, Pah? Puedes comerme. Pero, eso sí, deja a Gulliver en paz. Voy a dormir.

Su Lola había dicho alguna vez que el mundo se ve diferente cuando uno acaba de abrir los ojos. Quizá si dormía, al despertar se encontraría de nuevo en casa y podría hacer esas tres cosas. Tal vez estaría cobijado en el calorcito de su cama, oyendo a Gulliver hacer ruido en su jaula al beber de la botella de agua.

Tal vez...

# 37
## Valencia

**N**o se deben encender velas en el bosque, y menos si no ha llovido en varios días. Pero estamos en medio de un pequeño claro y Kaori insiste en que es una parte vital de la ceremonia. Lo bueno es que también me pide que yo trace un círculo en el suelo con el pie y que deposite allí la funda con jugo de serpiente, y estoy más que contenta de deshacerme de ella.

La vela aún no está encendida, pero Gen está lista con los fósforos. Parece increíblemente ansiosa por utilizarlas.

—Primero decimos el conjuro y luego encendemos la vela — explica Kaori.

—¿Cómo va el conjuro? —pregunto.

El teléfono vibra de nuevo en mi bolsillo, pero lo ignoro. ¿Qué puede pasar si no regreso a casa justo en este momento? Además, estoy haciendo algo verdaderamente importante: intento ayudar a encontrar a un amigo. No es que mamá vaya a entenderlo.

—Así va —dice Kaori y cierra los ojos—: *Guardián de las cosas perdidas, guíanos hacia lo que buscamos. Hacemos llegar este pedido al universo de los deseos cumplidos* —lo dice despacio y con toda intención.

Quedo a la espera de más.

—¿Eso es todo? —pregunta Gen.

—Sí. Después encendemos la vela y aguardamos.

—¿Y qué aguardamos? —pregunto yo.

—Aguardamos a que la respuesta se manifieste.

Tengo que confesar que me parece que este asunto es un poco extraño y disparatado, y que no estoy segura de creer en el destino y todo eso, pero sé que me gustaría ser socia de Kaori. Estoy segura de que a algún acuerdo podemos llegar. Decido hablar con ella al respecto más tarde, cuando no estemos en medio de un ritual.

—¿Listas? —pregunta—. Todos tenemos que decirlo al mismo tiempo.

Nos quedamos muy quietas.

Kaori repite las oraciones. Las decimos juntas a la vez.

Gen enciende un fósforo.

Cuando dije a Kaori que era mejor no encender una vela en medio del bosque, no pensé que en verdad pudiéramos iniciar un incendio, pero eso es exactamente lo que sucede. Gen raspa el fósforo con demasiada fuerza y el impulso lo hace salir volando lejos de sus dedos para caer en un montoncito de hojas secas fuera del círculo. Se encienden en un abrir y cerrar de ojos. Producen una llamarada que no es como la de los incendios forestales, sino que me recuerda a los quemadores de la estufa de gas en casa. No es algo para caer en pánico, pero eso no impide que Gen comience a gritar a todo pulmón. Kaori y yo apagamos las llamas a pisotones y decido en ese momento que me gusta la idea de ser amiga de alguien que no teme caminar en el fuego.

La fogata es apagada, pero Gen sigue gritando por alguna razón. Levanto la vista y me percato que ya no grita por el fuego, y que está señalando por encima de mi hombro. Así que volteo.

¡Divino!

Viene saltando hacia nosotros. Es un can en misión especial.

De inmediato se acerca a mí y ladra una vez, como si quisiera asegurarse de que todo está en orden. Eso es lo bueno de los perros. Saben cuando uno está en problemas.

El aire huele a hojarasca quemada.

—Les presento a Divino —digo—. No les hará daño. A veces lo cuido. Vive en el bosque.

Kaori protege a su hermanita entre sus brazos, pero el terror de Gen parece haber desaparecido tan rápidamente como surgió. Se libera del abrazo de Kaori y rasca las orejas de Divino.

Kaori mira los restos del fuego.

—¿Y ahora qué vamos a hacer? —se queja—. Me parece que la ceremonia se arruinó.

Pretendo contestarle, pero mi teléfono vibra de nuevo, y me imagino que debería revisar lo que me dice, si no quiero que siga vibrando y vibrando hasta sacarme de quicio.

Cuando leo la pantalla, veo que tengo como cinco millones de mensajes de texto de mamá, pero también hay dos mensajes de un número telefónico que no reconozco. El primero dice:

> Hola, Valencia de España!

Y de inmediato sé que viene de la Lola de Virgil. El segundo dice:

> Has visto a mi Virgilio?

Es gracioso cómo funciona la mente. No me había dado cuenta de que en todo este tiempo se presentaron claves que apuntaban hacia Virgil. Y en el momento en que veo ese mensaje, algo o alguien (tal vez San René) remueve una obstrucción en mi cerebro. Así, sin más. Y una avalancha de conclusiones me inunda.

El camino que tomamos hacia la casa de Virgil desde la de los Tanaka atraviesa el bosque. Y Virgil se dirigía a casa de Kaori para una cita. Probablemente había tomado el mismo camino, ¿cierto?

*He pasado casi todo el día en cacería de serpientes*, había dicho Chet Bullens. *Eso es lo que hago. Cazo serpientes.*

Así que Chet estaba en el bosque al mismo tiempo que Virgil. Chet, quien nunca permite que yo pase a su lado en la escuela sin hacer algún gesto idiota. Chet, quien se burla de David Kistler en todas las clases de ciencias. Chet, el abusón de la escuela.

Entonces recuerdo la pequeña colección de piedras que encontré esta mañana. Algo que Gen había dicho antes resuena en mi cabeza: *"¿Como las cinco piedras que le dijiste a Virgil que consiguiera?"*. Yo las arrojé al pozo, una a una.

*"Le torcí el cuello y la tiré por ese viejo pozo."*

Era extraño que la cubierta del pozo no estuviera en su lugar. Nunca se dejaba abierta.

Y por eso la puse en su lugar, para que las ardillas no cayeran dentro.

La respiración se me atasca en la garganta.

Volteo hacia Kaori, con el mensaje de Lola frente a mí.

Divino me olfatea una mano.

—Sé dónde está —afirmo.

# 38
## Luz

*El mundo se ve diferente cuando uno acaba de abrir los ojos, Virgilio. Es la magia del tiempo. Puede ser que lo que crees hoy, mañana ya no lo creas. Las cosas cambian cuando no estás mirando. Y luego abres los ojos, y ves…*

Luz.

¿Acaso era luz?

Virgil se había quedado dormido. Unas cuantas horas atrás no hubiera pensado que fuera posible dormir cuando la vida se encuentra en grave peligro, pero había conseguido dormir, acunando a Gulliver a su lado. Todas las lágrimas, el miedo y la soledad habían formado una pesada cobija para cubrirlo y envolverlo, indicándole que debía descansar. Y eso es lo que había hecho. Pero ahora, la oscuridad que había al otro lado de sus párpados había cambiado. Ahora había luz, como cuando su padre encendía la lámpara para despertarlo en días de escuela. En un momento todo está oscuro y al siguiente, la luz.

Pero no podía ser real, ¿o sí?

Ni la luz, ni ese ruido que escuchaba, ¿cierto?

Parecía que alguien lo estuviera llamando. O tal vez unas cuantas personas.

¿Y eso que oía era un ladrido? No tenía sentido.

Se resistía a abrir los ojos porque no quería encontrarse con que todo había sido un sueño o un engaño, o que había muerto y ésta era la luz al final del túnel de la que todo el mundo hablaba. Si abría los ojos, dejaría de ser real. Ya no oiría a Kaori y a Gen llamándolo "¡Virgil! ¡Virgil!", junto con una tercera voz, que sonaba como la de cierta niña que él conocía, pero era imposible que fuera. Ésa era la señal de que todo no era más que un engaño. No tenía la menor lógica que Valencia estuviera allá arriba con Kaori y Gen. Ni siquiera se conocían entre sí.

Ésa era la prueba de que estaba muerto, y no de que estuvieran a punto de rescatarlo.

Pero gritaron su nombre de nuevo.

—Me parece que allá lo veo —dijo Gen—. Pero está oscuro y puede ser que no.

Virgil abrió los ojos.

Vio luz.

Vio la silueta de tres cabezas que miraban hacia donde él estaba. Una de ellas definitivamente era Kaori, reconocía ese cabello.

Parpadeó. Parpadeó una vez más.

—¿Hola? —dijo. Su voz se oyó débil y ronca—. ¿Hola?

*Más alto, Bayani. ¡Más fuerte!*

—¡Hola! —gritó—. ¡Aquí!

—¡Aquí está! ¡Aquí está! —era Gen. Su voz llenaba el pozo con un tipo diferente de luz.

—¡Virgil, soy Kaori! ¡Vamos a rescatarte!

—¡Oh! —dijo él—. ¡Qué bien!

Quería decir más, tantas, tantas cosas, pero no lo consiguió.

Se levantó. Las piernas le hormigueaban. Revisó a Gulliver, que lo miró moviendo los bigotes.

—Nos van a rescatar —le explicó.

Gulliver emitió un ruidito. Virgil se pasó la mochila del pecho a la espalda.

—¡Valencia y Gen están aquí conmigo! —gritó.

Hubo algo en su forma de decirlo que lo hizo pensar que Kaori conocía a Valencia. ¿Pero cómo habían llegado a conocerse? ¿Cómo la había encontrado Kaori? ¿Kaori ya le habría dicho su secreto?

De repente, Virgilio sintió una oleada de vergüenza. Pero eso no importaba ahora. Primero, necesitaba que lo rescataran. Después ya podría sentirse avergonzado.

—¿Y por qué no subes por la escalera? —le gritó Kaori—. ¿Cómo fue que acabaste atrapado allá abajo?

—Falta la parte del final de la escalera —contestó Virgil—. Y desde aquí no alcanzo el primer peldaño.

Las tres cabezas se miraron entre sí y hablaron en murmullos.

—Estamos tratando de encontrar la mejor manera de rescatarte —le informó Gen. La discusión continuó unos momentos más. Virgil esperó, hasta que Gen dijo—: ¡Un momento! ¿Y si probamos con esto?

Virgil no podía ver a qué se refería ese "esto", pero no le importaba mientras sirviera para sacarlo.

—¡Es una idea fantástica! —dijo Valencia—. Yo lo haré.

Virgil tragó saliva. Valencia estaba allí con Kaori y Gen. ¡Valencia!

¿Sería debido a las piedras, cada una de diferente tamaño? ¿O sería sólo una casualidad?

*Las casualidades no existen.*

Alguien venía bajando por la escalera, con algo en la mano. Una cuerda tal vez. ¿Cómo habían hecho para encontrar una cuerda?

Era Valencia, bajaba más rápido de lo que él lo había hecho horas antes, pero lo suficientemente despacio para ver bien dónde ponía los pies.

Se sintió con deseos de decir "Ten cuidado. Por favor, ten cuidado".

El corazón le latía con fuerza.

Carraspeó para aclararse la garganta.

Cuando ella llegó al último peldaño, dejó caer el extremo de la cuerda hacia el pozo y dijo:

—Tómala y yo ataré el otro extremo a la escalera. Y entonces podrás subir por la cuerda.

No podía verle la cara debido la oscuridad, lo cual significaba que ella tampoco podía verlo bien a él. Eso le alegraba.

Se estiró para alcanzar la cuerda. Era una cuerda de saltar.

—¡Es mi cuerda de saltar, Virgil! La tomé antes de salir de la casa —gritó Gen orgullosa—. Qué suerte, ¿cierto?

*Sí*, pensó Virgil. *Fue una inmensa suerte.*

# 39
## Valencia

Es difícil no creer en el destino cuando uno ve a un muchacho salir de un pozo gracias a una cuerda de saltar.

Lo primero que hace una vez que está fuera es mirar dentro de su mochila y en ese momento veo el conejillo de Indias. Doy un paso para poder mirar desde más cerca. Divino está a mi lado, pero lo ahuyento, por si acaso Virgil no quiere a un perro rondando alrededor de su conejillo de Indias. No es que Divino vaya a comérselo ni algo parecido. Al menos, no creo que le interese hacerlo.

Virgil está tan inmóvil como si fuera de mármol. Es como si lo hubieran congelado en ese lugar.

Kaori y Gen le hacen un millón de preguntas al mismo tiempo, y aunque no puedo distinguir todas las palabras, sé que quieren saber si está bien, si no se lastimó, si necesita algo, ese tipo de cosas. Veo que está vivo y respira, aunque en realidad no diga ni una palabra.

—Yo tuve un conejillo de Indias —comienzo.

Kaori y Gen dejan de hablar. Las tres miramos a Virgil. Ellas aguardan una respuesta, y yo estoy estudiando su expresión para así poder entender lo que diga cuando hable. Pero no lo hace. Su cara parece extraña, como si acabaran de apuntarle a los ojos con una linterna o algo así. Se apoya en un pie luego en el otro y voltea hacia Kaori. En momentos como éstos, suelo pensar que la persona me está ignorando, pero Virgil no parece el tipo de persona que hace cosas como ésa.

Quizá sigue conmocionado luego de tantas horas allá abajo. No puedo imaginar lo que será estar atrapado así, sobre todo porque en un pozo no hay mucho que explorar. Pero, a pesar de todo, no luce muy mal. Tiene los ojos colorados e hinchados, seguro que estuvo llorando, y la ropa está sucia. Fuera de eso, parece el mismo chico que va conmigo a clases especiales.

—Te conseguiré una nueva cuerda de saltar —dice a Gen.

Difícilmente alcanzo a oírlo.

La mirada de Kaori pasa de Virgil a mí y vuelve nuevamente a Virgil. Me recuerda esos momentos en los que los profesores esperan a que alguien entienda uno de sus problemas.

—¿A quién le importa una tonta cuerda vieja? —pregunta Gen—. Cuéntanoslo. ¿Cómo terminaste allí?

¿Qué sucedió? ¿Qué hiciste durante todo ese tiempo? ¿Cuánto llevabas allí? ¿Qué hacía Gulliver? ¿Tenías miedo? ¿Pensaste que ibas a morir allá abajo? ¿Cuánto tiempo más crees que habrías durado?

—Caramba, Gen, ¿es que nunca vas a terminar con tus preguntas? —le dice Kaori.

—Pues tú acabas de hacer una pregunta —responde Gen.

Virgil me mira. Veo una mancha roja que va avanzando y subiendo desde su cuello para invadir su cara como si alguien lo estuviera pintando de ese color de abajo hacia arriba.

—Gulliver quedó atrapado allí abajo —dice, y me cuesta mucho entenderle porque habla muy bajito y mira a Kaori cuando lo hace—. Tenía que bajar a rescatarlo.

Me vuelvo hacia Kaori.

—¿Gulliver? —pregunto, para confirmar si oí bien.

—Así se llama su conejillo de Indias —me explica Kaori.

—El mío se llamaba Lilliput —le cuento a Virgil.

Un relámpago de reconocimiento cruza su rostro... Él también conoce la historia, lo sé. Pero entonces aprieta los labios como si alguien le hubiera cerrado la boca con una cremallera.

—Virgil —dice Kaori, mirándome para asegurarse de que puedo escucharle—, ¿conoces a Valencia, Valencia Somerset? La conoces, ¿cierto?

La manera en que lo dice es un poco rara. Es como si estuviera dándole a Virgil algún tipo de clave. ¿Qué podrá ser?

Él asiente.

Todos seguimos allí.

—Lilliput es el nombre de una isla en *Los viajes de Gulliver* —digo, ya que nadie más habla—, ¡pero qué casualidad! —Kaori y Gen abren la boca, y antes de que alcancen a decir cualquier cosa levanto la mano—: ya lo sé, ya lo sé. *Las casualidades no existen.*

Mi teléfono vibra una vez más. Es mamá.

No está muy contenta.

ESTOY PREOCUPADA. DÓNDE ESTÁS?
VUELVE EN ESTE PRECISO INSTANTE

Suspiro.

—En verdad tengo que irme. Mamá está muy angustiada.

Kaori da un empujón a Virgil en el hombro, con fuerza. Divino da vueltas por ahí, en caso de que haya algo a punto de suceder, y se detiene junto a Virgil para menear la cola perezosamente. El gesto de Kaori habla por sí mismo, como diciendo "Esta chica acaba de sacarte de un pozo, ¿no vas a darle las gracias por lo menos?".

Pero no me importa que esté callado. Hay personas tímidas, eso es todo. No quiere decir que tenga malos modales. Yo sé lo que es tener frente a una persona esperando que digas lo que debes decir, incluso cuando no sabes qué es eso que debe decir. Así me siento cuando la gente olvida las reglas, mis reglas.

Pero Kaori es insistente. Levanta las cejas y hace un ademán con la mano. *Anda, vamos.*

Virgil se mira los pies. Parece como si su boca se moviera, pero no sé qué estará diciendo, si es que dice algo. Pero no hay tiempo de ponerme a pensarlo. Si no regreso a casa pronto, mamá sufrirá un colapso total.

Le prometo a Kaori enviarle un mensaje con respecto a Tanaka & Somerset, y digo adiós con la mano, diciendo:

—Nos vemos.

Parece un momento anticlimático después de todo lo que sucedió, pero a veces las cosas no terminan de la manera en que uno espera.

# 40

## No tienes remedio, Virgil Salinas

Había sido casi demasiado para Kaori. El Universo, el enorme, misterioso y veleidoso Universo, había planeado todo hasta el mínimo detalle (con algo de influencia suya, de eso no tenía la menor duda), y Virgil apenas había musitado un par de palabras.

—¿Qué te ocurre? —exclamó—. ¿Qué fue lo que sucedió? ¡Ella es V. S., y tú ni siquiera le dirigiste la palabra!

Virgil se sonrojó, con un rojo intenso. Posó la mano sobre la cabeza de Divino y le acarició el pelaje.

—¿A qué te refieres? —dijo él.

Valencia ya se había perdido de vista, pero Kaori apuntó en la dirección hacia la cual había partido, puso los ojos en blanco y dejó salir un enorme suspiro, todo a la vez, para mostrar el tamaño de su disgusto.

—¡Pero si prácticamente no hablaste! Ésta era tu oportunidad, Virgil. La escuela ya terminó. Ella acababa de rescatarte de un pozo…

—Aunque yo fui quien trajo la cuerda —intervino Gen.

—¡Y tú te quedaste ahí sin hacer nada! Pensé que ella era la chica de tus sueños o algo así. Que estaban destinados a ser amigos.

La cara de Virgil parecía ahora una fresa madura.

—¿Qué quieres decir? —preguntó en tono no muy convincente—. Acababa de conocerla.

Kaori cruzó los brazos. Gen también.

—Virgil Salinas, sé muy bien cuando me están mintiendo y, oficialmente, eres el peor embustero del Universo, lo cual resulta muy triste porque el Universo *mismo* está tratando de intervenir a tu favor.

Virgil miró a Divino.

Divino miró a Virgil.

—El Universo no está involucrado, Kaori. Si fuera así, entonces no...

Hizo una pausa.

—¿Entonces no qué? —preguntó Kaori.

—Nada.

—Si no es el Universo, ¿entonces cómo explicas todo lo que ha sucedido hoy? —fue contando con los dedos—: El hecho de que V. S. viniera a verme exactamente el mismo día en que tú desapareces. El hecho de que ella de alguna manera descubriera dónde estabas. El hecho de que Gen trajera su cuerda de saltar.

—¡Sí! —intervino Gen para apoyarla—. ¿Qué hay de todo eso?

—Y no pasemos por alto el hecho —continuó Kaori, levantando el dedo en el aire para marcar énfasis—, el hecho de que ella tuvo un conejillo de Indias que se llamaba igual que el tuyo.

—No era el mismo nombre. El suyo se llamaba Lilliput.

—¡Pues bien hubiera podido ser el mismo nombre!

Kaori habría seguido así de no haber recibido un mensaje de texto de su madre avisándole que ya era hora de regresar a casa para la cena.

Virgil miró al perro.

—Kaori, todo eso no es más que...

—No lo digas —lo interrumpió Kaori.

—No fue más que...

—No lo digas —exclamó Gen.

—... casualidad.

Kaori dejó caer la cabeza sobre el pecho.

—Si eso es lo que tú crees, no tienes remedio, Virgil Salinas —se volvió hacia su hermana—. Vamos, Gen. La señora Tanaka preparó filete de pollo empanizado.

# 41

# El tigre de la calle Olmo
## Segunda parte

No tenía más que decir una palabra. Una sola. "Gracias." Valencia Somerset lo había rescatado de un pozo y él ni siquiera se lo había agradecido. No le había dicho ni una palabra. Ni siquiera hola. ¿Era tan difícil abrir la boca y hablar? ¿Por qué tenía él que ser tan… tan Virgil?

—Hola, Valencia —murmuró para sí mientras recorría la calle Olmo con Divino, que caminaba a su lado como si estuvieran conectados con una correa invisible—. Muchas gracias. Prácticamente me salvaste la vida. Estoy en deuda contigo.

Le dolía el cuerpo. El hambre le atenazaba el estómago vacío. La cabeza le palpitaba como si fuera el corazón. Estaba sucio y tenía varios raspones. Hubiera podido morir. Y hubiera podido decir "gracias". Al menos "hola".

Las patas de Divino tamborileaban sobre la acera. Virgil estaba perfectamente consciente, como siempre, de que se acercaba con rapidez a la casa de los Bullens, pero estaba demasiado cansado para importarle. Verse frente a frente con la muerte hacía que enfrentar a Chet pareciera tan… tan común y corriente. Aburrido, incluso.

Virgil no estaba seguro de si el destino lo estaba probando, o si era su suerte habitual de sábado por la tarde, pero el Bulldog estaba afuera cuando pasaron, sentado en medio del camino de entrada, con el balón de baloncesto entre las piernas, mirando el aro como si estuviera a miles de millones de kilómetros.

—Hey, Retrasado —le dijo al verlo pasar.

Y entonces vio a Divino y retrocedió un poco.

Virgil no bajó la cabeza, como normalmente hubiera hecho. No se apresuró a seguir de largo conteniendo la respiración hasta sentirse a salvo. Estaba demasiado cansado, demasiado hastiado, demasiado de todo. Ése no era el día para meterse con Virgil Salinas.

Bueno, ya no, al menos.

Virgil miró a Chet directamente a la cara y, antes de darse cuenta de lo que hacía, se detuvo.

Divino también se detuvo.

El Bulldog plegó las rodillas hacia el pecho y se abrazó al balón. Su mirada iba y venía entre Virgil y Divino.

—¿Qué miras, Retrasado?

¿Acaso se oía un leve temblor en su voz?

Los brazos de Virgil pendían a los lados de su cuerpo. Divino le empujó una mano con el hocico.

—Si vuelves a llamarme así, te vas a arrepentir —le contestó Virgil.

La sonrisa incierta del Bulldog se desvaneció. Carraspeó para aclararse la voz.

—Como quieras —respondió.

*Cambiar el camino que llevas en la vida no requiere tantas palabras, Bayani.*

Lola estaba afuera, esperando, cuando Virgil llegó frente a su casa. Apenas alcanzaba a verla cuando empezó:

—¡*Ay, naku!* ¡Te he estado llamando y enviando mensajes! ¿Dónde te habías metido? ¿Y qué haces con ese animal? ¿Y por qué no contestabas...?

Ahora que ya estaba más cerca, Lola podía verle la ropa arrugada, el cabello despeinado, la huella del sudor y la fatiga, sus ojos hinchados, la tierra y el óxido en sus manos de subir la escalera. Y debía tener también una cierta expresión en la cara pues, luego de percatarse de su ropa y su cabello, Lola había pasado a mirar en su rostro.

—Virgilio —le dijo en voz baja—: ¿qué te sucedió?

—Como al niño de piedra, un agujero de piedra me tragó. Pero mis amigas me sacaron de allí —dijo con voz cansada y agobiada. Pasó de largo frente a

243

Lola y abrió la puerta de entrada. Ella lo siguió adentro sin hacer más preguntas. Divino hizo lo mismo.

Sus padres y sus hermanos estaban en la sala, pero no parecían preocupados por Virgil. Estaban viendo televisión, un programa cómico por supuesto, y llenaban la habitación con sus risas. Sus padres estaban en el sofá, dándole la espalda; los gemelos estaban en sillones reclinables a los costados.

Su mamá dio vuelta al oír la puerta. Cuando vio a Divino, se levantó y empezó a manotear agitadamente.

—¡Saca a ese perro de aquí, Galápago! ¡Va a ensuciar la alfombra! —dijo.

Los demás también se voltearon.

—Un perro sería algo bueno para esta casa —dijo Lola—. Serviría para mantener alejados a los ladrones.

Cruzó una mirada de complicidad con Virgil.

Su padre dijo:

—Siéntate. Ven a ver televisión con nosotros —y se volvió de nuevo hacia el aparato, sin inmutarse por la presencia de un perro grande y desconocido.

Julius y Joselito se levantaron un poco en sus sillas para poder ver a Divino.

—¿Qué raza es? —preguntó Julius.

—¿De dónde lo sacaste? —preguntó Joselito.

—No lo sé, me siguió a casa —respondió Virgil.

Y en ese momento, se dio cuenta de lo clara y luminosa que era su casa. Incluso el olor era agradable;

no lo había notado hasta este momento. Y el aire refrescaba y mimaba su piel.

Su madre rodeó el sofá y ahí estaba, ahuyentando a Divino. El perro dio un par de pasos hacia la puerta, luego otros dos hacia Virgil, completamente confundido por los movimientos frenéticos de la señora Salinas.

—¡Pero si está sucio, Galápago! ¡Y apesta!

Lola puso la mano sobre la cabeza del perro. Divino se quedó quieto.

—Es sólo cuestión de darle un baño —dijo Lola—. Virgil se encargará, ¿cierto, Virgilio?

Levantó la barbilla y lo miró, con una mirada que daba a entender "te comprendo".

Pero ¿qué era lo que comprendía?

*No eres el mismo, Virgilio. Eso es lo que ella comprende. Abre los ojos, Bayani.*

Virgil parpadeó. Posó la mano sobre la cabeza de Divino, junto a la de Lola.

—Me gustaría que ya no me dijeras Galápago —le dijo a su madre—. Puedes llamarme Virgil, o Virgilio. O Bayani. Pero ya no me digas Galápago.

Ella interrumpió sus movimientos azorados y lo miró fijamente. Él nunca la había visto mirarlo así. No reconoció esa expresión. ¿Era enojo? ¿Tristeza? ¿Conmoción?

*Te está viendo por primera vez, Bayani. Eso es todo.*

Su mamá besó la punta de su propio dedo índice para luego presionarlo en medio de la frente de Virgil.

—Está bien, Virgilio.

# 42
# Mensajes

Tengo setenta y tres mensajes recientes en el teléfono, y todos han ido y venido entre Kaori y yo. Estamos discutiendo nuestro plan de negocios. Tanaka & Somerset. Estuve a punto de sugerir que debíamos ponerlos en orden alfabético, Somerset & Tanaka, pero como había sido su idea y ella es la experta, supuse que su nombre debía figurar primero.

Tengo setenta y tres mensajes en mi teléfono.

Ayer tenía apenas doce, y la mayoría eran de mamá.

Ya casi es medianoche. La habitación ha estado a oscuras desde hace horas, salvo por la luz de la pantalla de mi teléfono. No puedo dejar de bostezar y al fin decidimos, Kaori y yo, dejar el resto de la conversación para mañana. Pero ya tenemos la base de un plan sólido. Nuestro siguiente paso será encontrar clientes.

Antes de despedirnos, lanzo una pregunta:

> De qué estaban hablando Gen y tú antes de que fuéramos hacia el pozo?
> Dijiste que lo comprendería cuando encontráramos a V

Kaori demoró mucho en responder, o eso fue lo que me pareció. Al final escribió:

> Cuando llegue el momento, el Universo te lo dirá.

Si voy a tener un negocio con ella, supongo que tendré que aprender a decir las cosas de esa manera. O al menos a tratar de entender lo que significan.

Creo que tengo cierta idea.

No es tan diferente de la manera en que hablo con San René.

No sé si San René me escucha.

Ni siquiera sé si será capaz de escucharme.

Hasta donde sé, San René ya no existe y le hablo a la nada.

Pero San René podría estar en alguna parte, escuchándome, asintiendo y guiándome.

¿Cómo saberlo?

Descanso el teléfono sobre mi pecho y sacudo mi esfera de la Cueva de los cristales. Observo a los murciélagos revolotear y caer. Mi deseo de ser una exploradora se cumplió. Un pozo es una especie de caverna, ¿o no?

Cierro los ojos y repaso el día. Nunca le había ayudado a una víctima de mordedura de serpiente, ni había rescatado a un chico de un pozo, ni había conocido a una vidente, todo en el mismo día, así que hay mucho que recordar. La vida es graciosa a veces.

Ayer tenía doce mensajes en mi teléfono.

Hoy tengo setenta y tres.

Pienso en todas las cosas, incluso en la cuerda de saltar de Gen. Imagino colgando del último escalón de la larga escalera. ¿Cuántos años tomará que esa cuerda se desintegre y desaparezca? Quizá, tal vez, servirá para rescatar a algún otro niño dentro de un siglo o algo parecido. Imagino cómo será ese niño. Podría ser un niño de nuevo, o una niña. Y un amigo los reta a bajar por el pozo, y ellos lo hacen. Y caen. Y piensan que están atrapados y que nunca serán capaces de salir, hasta que ven la cuerda. Y pensarán que es cosa del destino. Se preguntarán cómo llegó esa cuerda hasta allí, y jamás lo sabrán.

La cuerda brillará, un girón rosa brillante en un lugar muy, muy oscuro.

Me gusta esa idea.

Es como si hubiéramos dejado algo atrás.

No lo sé con certeza, pero creo que esta noche no tendré la pesadilla. Si me preguntan, no sabría decir por qué lo sé. A veces hay cosas que sé, sin más.

Pienso en Lilliput. Y también en Gulliver. Me pregunto si mamá me dejará tener otro conejillo de Indias, si se lo pido.

Pienso en Divino. ¿Qué estará haciendo en este momento?

Y también pienso en Virgil. En la manera en que la mancha roja fue invadiendo su rostro. En la manera en que no consiguió hablar. Pienso en cómo se veía en esa foto de familia, como si estuviera allí sólo porque sus padres lo obligaron, cosa que probablemente sea verdad.

Al pensar en Virgil pienso también en su Lola. "¡Valencia de España!", me llamó. Tomo nota de averiguar más sobre la catedral de Valencia. Ella dijo que era un lugar importante, y me pareció que sabía de lo que hablaba. Me pregunto cuál será la razón de esa importancia.

Me pregunto cómo se ven las catedrales y si algún día estaré en una.

Bostezo otra vez.

Tengo los ojos cerrados. Siento que voy cayendo hacia el sueño, y cuando estoy casi quedándome dormida, algo me sobresalta. Doy un brinco. Abro los ojos. La habitación parece iluminada por una linterna, pero no es eso, sino el teléfono, que vibra.

Kaori debió olvidar decirme algo.

Tomo el teléfono. La pantalla brilla tanto que me lastima los ojos.

Son las 12:33, pasada la medianoche.

Es un mensaje del teléfono de Lola, pero de inmediato sé que no lo envía ella.

De pronto estoy completamente despierta.

Miro la palabra solitaria en el mensaje y por alguna razón, no sé por qué, siento una extraña sensación en el estómago, como si cien mariposas hubieran levantado el vuelo.

Dice:

Hola

# Agradecimientos

El Universo quiere agradecer a las siguientes personas.

Primero, a la doctora Gina Oliva, profesora ya retirada de la Universidad de Gallaudet (única en el mundo por sus programas para estudiantes con problemas de audición), defensora de los sordos, autora del libro *Alone in the Mainstream: A Deaf Woman Remembers Public School* (Sola contra la corriente: memorias de una sorda de su época escolar) y coautora de *Turning the Tide: Making Life Better for Deaf and Hard of Hearing Schoolchildren* (Nadando contra la corriente: cómo mejorar la vida de los alumnos sordos y con problemas auditivos). Estoy agradecida por su paciencia, su bondad y su amistad. También estoy en deuda con los invaluables consejos de Janet Weinstock, también profesora en Gallaudet; con la instructora de ASL, lenguaje de señas estadunidense, Karen Kennedy; con el Centro de Comunicación entre Sordos y Oyentes de Swarthmore, y con la maravillosa Beth Benedict, expresidenta de la Sociedad Estadunidense de Niños Sordos.

También quisiera mencionar aquí, a modo de reconocimiento, a Nancy Kotkin, John Murphy, Davy DeGreff, Ayesha Hamid, Rebecca Friedman, Kelly Farnsworth, Laurie Calkhoven, Shonda y Aiden Manuel, y Rosaland Jordan, el programa de maestría en Bellas Artes del Instituto Rosemont, La fundación Highlights, el superincreíble equipo de HarperCollins, y mi superincreíble agente, Sara Crowe. A toda mi familia en Estados Unidos, las Filipinas y más allá; a la maravillosa artista e ilustradora Isabel Roxas, y a todos los maestros y bibliotecarios que han apoyado mi viaje por la literatura para niños.

Esta obra se imprimió y encuadernó
en el mes de enero de 2019, en los talleres
de Impregráfica Digital, S.A. de C.V.
Av. Coyoacán 100-D, Col. Del Valle Norte,
C.P. 03103, Benito Juárez, Ciudad de México.